有光

—— 要有光！——

还可以的

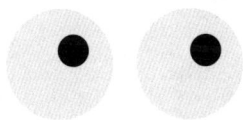

金女士

金子 ············ 著

GUANGXI NORMAL UNIVERSITY PRESS

广西师范大学出版社

· 桂林 ·

图书在版编目 (CIP) 数据

还可以的金女士 / 金子著. —— 桂林:广西师范大学出版社, 2025.4(2025.7重印). —— ISBN 978-7-5598-8015-4

Ⅰ . I267

中国国家版本馆CIP数据核字第2025DB2510号

HAI KEYI DE JINNÜSHI
还可以的金女士

作　　者:金　子

责任编辑:彭　琳

特约编辑:安　琪

装帧设计:别　境 lab

内文制作:燕　红

广西师范大学出版社出版发行

广西桂林市五里店路 9 号　邮政编码:541004
网址:www.bbtpress.com

出 版 人:黄轩庄

全国新华书店经销

发行热线:010-64284815

北京启航东方印刷有限公司印刷

开本:787mm×1092mm　1/32

印张:7.5　　　　字数:105千

2025年4月第1版　2025年7月第4次印刷

定价:48.00元

如发现印装质量问题,影响阅读,请与出版社发行部门联系调换。

序一

收到杨林（AKA 还可以的金女士）写的这本新书手稿后，我几乎是一口气将它读完，觉得非常精彩，原因如下。

首先，我喜欢有真情实感的创作者。虽然书中大部分故事都曾听过金女士口述，但这本书就像是一部电影的导演剪辑版，里面出现了更多自我暴露和内心剖析。这对于创作者而言并不是一件容易和舒服的事情，但对于读者而言却是一次与作者畅爽的神交。尤其在当下这个人人都带着一层防护型滤镜的时代，这种真实尤为难得。

其次，这是一部能帮你直面内耗的作品。我并不是说它可以终结或者缓解内耗，因为内耗永远都会存在，只要你还有渴望的事情，你就会内耗；只要你还处在各种人际关系中，你就会内耗；只要你还在呼吸，你就会内耗。但这其实也没什么大不了的，只要你学会像金女士一样直面它们，并辅以你个人特色的解决机制，内耗也能够被转换成另一种生产力，即使这可能是一个痛苦的过程。

最后，我作为金女士迄今为止最长一段职场生涯的老板，并没有在书中被吐槽或者暗讽，所以我相信这本书的原创性和真实性。

综上，我非常推荐这本《还可以的金女士》。

尽管由于我比金女士年长十岁，金女士成长过程中出现的一些文化现象和专有名词我并不能感同身受，但这并没有影响我的阅读体验，所以这本书的目标读者年龄层其实是相当宽泛的。

因为和时尚行业的接触面不同，我所认识到的时尚行业和金女士存在一些差异，但这并不影响这本书涉及时尚杂志行业部分的真实性和趣味性。就像金女士在书中所提到的，在康泰纳仕国际期刊出版集团有一群相当有趣可爱的同事帮你搭衣服，和你一起聊天吐槽，跟你一起完成过程可能有点尴尬但最终还蛮有成就感的项目。我也很欢迎不同学历背景的年轻人投身到这个行业，或者来体验一下也行。我只有两点要求：对这个行业有巨大的好奇心和热情，以及对创意、视觉和审美有一点偏执。

最后再补充一句，金女士真人比上镜好看蛮多的。

《服饰与美容 VOGUE》编辑总监　刘冲

2025 年 1 月　于北京

序 二

　　金子回家说："妈妈，我正在写书，你给我的书写个序吧，不然我的书不完整。你一定得写，非你不可。"

　　我很羞涩地摇摇头："拉倒吧，妈不过是一个朴素的石油工人，唱首《我为祖国献石油》我还行，写序这事做不来。"

　　其实我明白她说这个"非你不可"时想要表达的深深心思，于是笨拙地写下了下面的文字。

　　我们生活的这座小城市叫濮阳，在河南省北部。1975 年，在钻机的轰鸣声中，混着泥浆的油流喷出地表，濮阳市也因为中原油田的发现而兴盛起来。作为油三代的金子出生在这里的一个采油厂家属院，在这个封闭的小社会里，在《我为祖国献石油》的歌声中，在"磕头机"的起落声中，别人眼中乖巧懂事的金子，偶尔也调皮捣蛋地度过了童年时光。

金子这个名字是她自己起的。我记得小时候她曾愤怒地抗议："为什么别人都有小名，我没有？"我笑着说："你有啊，爸爸一直喊你乖妮蛋蛋，你要不愿意，咱重起一个吧，你姓杨，要不就叫羊粪蛋蛋。"最后我们讨论的结果是"乖蛋"，虽然金子从来没承认过这个名字，但我的微信名至今是"乖蛋麻麻"。

在提倡素质教育的当下，喝着"油水"长大的金子，初高中时期不得不被高考大省的泱泱大军裹挟着，在题海中埋头苦耕，最终在长辈们殷切的目光中，走出油田、走出濮阳，隐没在喧嚣的大都市中。

金子的书写完后第一时间发给了我。看完后，我很震惊也很自责，为这个自小被我散养长大的金子走出舒适圈与这个世界达成和解之前，我没能给她一个可依靠的肩膀而伤心不已。

自诩为小镇做题家的金子在书中用独特的视角讲述从小城到大都市一路走来的历程，有迷茫，有困惑，有挫败，也有痛苦，正如书中所写:"我总是以一种非常哀怨的语调说:我永远是朋友里最差的。我没有钱,不能在校园歌手大赛唱深情的歌,不会使用单反相机,没有去过国外旅游,也说不好英语,在汉服社的话剧表演里永远是后排的伴舞。最重要的是,没有男生喜欢我。"尽管对新生活无所适从,她仍然像一粒倔强的种子,不被困境束缚,拼命向阳,努力活成自己想要的模样。

读完这本书,我的内心久久不能平静。金子的生活,就是不断奋斗,努力实现目标,这编织成了她独特的人生剧本。我即将从工作了三十五年半的油田岗位上退休,我的奋斗告一段落了。但我很高兴地看到这本书的出版——金子的奋斗才刚刚开始。

乖蛋麻麻　林淑兰
2024 年 12 月　于濮阳

目　录

第一章

采油厂与夏令营

"对抗小城生活的荒芜，我唯有一颗心作为乐园。"

2012 年，我离开家到北京上大学。

在某些深夜，我偶尔会突然爆发一股乡愁。我想家的方式是打开谷歌地图，切换到卫星画面，鼠标指向河南东北角，转动滚轮放大，从高空俯视我长大的小镇的一角。那是有一所学校、一家医院、一家超市的家属区，它在地图上看起来是绿色农田中一个土黄色的点，寒酸得像一块粘在地上的口香糖，光标轻微移动就有可能错过它。把比例尺拉到最大，就可以勉强看到我们家那栋楼的楼顶。我用视线沿路"走"到我的学校、我妈单位以及我曾经每周五跳兔子舞的体育场，发现路程其实短得惊人。我还有一套自创的睡前冥想：把自己的意识像谷歌地图的 3D 小人一样拎起来，丢到采油厂的十字路口。在我的脑海中，它像油田的黄金年代那样崭新整洁，宽阔无边，种满梧桐。厂区唯一的商场耸立在侧，蓝色玻璃镶嵌在白瓷砖上。我把时间拨到午后，午休时间的厂区里空无一人。阳光明媚，晒得人昏昏欲睡。我在记忆中沿路散步，拼凑所有细节，直到我几乎能闻到栏杆上的铁锈味。我会从那个气派的路口慢慢逛回家，走进阴凉的楼道，拧开 3 单元 1 号的防盗门。那扇门里有一切我所需的安全感和熟悉，于是我缓缓入睡。

我应当好好介绍一下我的小镇。我出生在河南省濮阳市范县，更准确地说，是河南省濮阳市范县的采油二厂。这最后四个字是必不可少的。如果我在本地人面前做自我介绍，"采油二厂"这四个字，足以让对方对我产生截然不同的印象：她是油田子女。

1975 年，一组石油钻井队员来到河南与山东交界的一处野外。当勘探钻头下到 2600 多米深时，一股原油喷射出地表，黑色黏稠的"喷泉"高达 20 米，于是一块油田被发现了。全国各大油田的石油工人响应号召，浩浩荡荡地来到这里援建，我的姥姥和姥爷也在其中。随后在1983年，濮阳市才因油田而成立。在油田员工的心里，石油带来了他们，他们带来了财富，而财富让一个县城升咖成了小城市，他们厥功甚伟（至于濮阳本地人是否赞同我们暂且不表）。由于周围人来自天南海北，油田子女没有方言，说着标准的普通话长大，我们中的大多数说起河南话时十分蹩脚。

我妈比较喜爱的一个聊天话题，就是回忆20世纪80年代的油田辉煌：房子是分的，吃饭有食堂。办公室就在家门口，甚至不用买自行车。在那个温室大棚技术还没普及的时候，逢年过节，会有一列卡车队伍从油田出发，一路开到海南，只为了给员工拉来新鲜的反季水果。每年除夕，厂区会在家属院的体育场里放半小时的烟花。这半小时价值20万元，烟花浑圆绚丽，炸开时有摩天轮那么大。单位承包了一切生活用品，从铁锹到卫生纸，所有上学的小孩都用同一种印着"中原石油勘探局"的笔记本。厂区员工的生活被油田妥帖地照顾着，工资无处可花，只能挑一个周末去郑州，踏进那名噪一时的亚细亚商场。柜台售货员看到出手阔绰、说着普通话的年轻人，就会善解人意地打招呼："是油田来的吧？"

但这辉煌几乎是稍纵即逝，至少20世纪90年代出生的我并没有享受到这美味的时代红利。油田的没落是从周边的采油厂开始的。在我上小学的时候，我能感知到的福利，差不多只剩下用来当演草本的单位信纸。在三年级之后，我们频繁地听到老师和家长讨论："要不要把孩子从采油厂的小学转进总部的小学？"我们习惯把濮阳市简称为"总部"，因为对我们来说，这座城市最重要的意义在于中原油田的总部大楼坐落于此。职工通过工资条、消失的福利和同事的风言风语感受到水温变化，他们下意识的反应总是"把孩子送走"：周边村镇的人把孩子送到采油厂，采油厂的人把孩子送到总部。总部对大部分人来说已经足够好，但还是有一些凤毛麟角的孩子被送到更远的地方。

在小升初的时候，我也被送走，考上了"总部"的一所初中。后来，我们家也从采油厂搬到了总部。我妈把房子卖掉的时候，我没能赶上看它最后一眼，对于这件事，我一直十分遗憾。于是我以要写这本书为借口，央求我妈开车再带我回去转转。

车开到采油厂的时候刚好是午后，和我最喜欢想象的那个时间一样。厂区里同样空无一人，不是因为大家在午休，而是因为油田的职工大都已经搬走。至于我梦里宽阔气派的十字路口，它只是两条到处有人乱停车的双车道。记忆里遮天蔽日的梧桐，也因无人维护而被砍去，每个空空的树坑里都有狗屎。我小时候曾在我家楼下充满深情地抬头看天，脑子里想象着一幅有如央视宣传片的场景：在延时摄影中，脚手架定格摇摆，工人闪烁其间，我家这座五层居民楼拔地而起，成为玻璃幕墙的现代高楼大厦，让人感慨真是岁月如梭。三十年过去了，上面这个句子里实现的部分只有岁月如梭，而楼却更破了。

厂区内位置较为边缘的家属区，人口流出是以"楼"为单位的。有几栋楼干脆用砖头把楼道口全部封闭起来，阳台上的玻璃也被砸坏，此前我只在末日生存小说里读到过这样的场面。那是最让我感到难过的景象——我甚至记得某栋楼曾是某个小学同学的家，我总是忍不住想象童年的他被关在那堵砖墙之后。从这栋楼里逃走的人，他们也收到过从海南运来的大袋新鲜水果吗？他们也曾经和同事一起拼车，有说有笑地去逛亚细亚吗？他们的孩子也像我一样，被送到了"总部"濮阳市区上学吗？

前几年，新闻报道说年轻人开始流行去鹤岗买房，花 5 万元就能买到老城区的一套房子，然后在那里隐居。那里的房子之所以这么便宜，是因为"鹤岗是一个资源枯竭型城市"——新闻里这么写道。而在 2011 年，与鹤岗同一年被确立为第三批资源枯竭型城市的，还有濮阳。如今，我不必去鹤岗隐居，只须回到我的采油二厂。在今日的厂区，我也可以花 5 万元买一套 50 平方米的老房子，就在那些被砖头封死的家属楼边上。

坐公交去英语补习班的时候，我会经过我

们那儿的一所初中。我每次经过都会久久凝视他们的教学楼楼顶，因为那里有一座半球形的天文台。

一座天文台！这和小城格格不入，而且太让人想入非非了。他们的课表上会比我们多一节"天文课"吗？在晚自习过后的深夜，这座天文台会不会悄悄旋转，訇然中开，让老师带着一群学生一起凝望猎人俄里翁的腰带？这种想象没有持续很久，因为我很快得知，那座天文台里面是空的。

我觉得这座天文台在一定程度上可以成为河南小城生活的缩影：看起来好像是这么回事，但你最好不要对它抱有太多幻想。

2023年的元旦假期，小王第一次以男朋友的身份跟我回到濮阳，我的故乡就给了他一个下马威。

冬天的北方小城很肃杀。当气温降到0℃左右，夏天常见的路口水果车和凉皮摊就会集体消失。当气温再降一点，糖炒栗子和烤红薯的独轮车也会和裹着厚厚棉大衣的摊主一起不知所终。白天，我们唯一的活动就是出门买了杯蜜雪冰城，下午四五点到家吃晚饭，然后在沙发上泡脚看电视。当家里人逐一开始洗澡，眼看这一天就要结束时，小王开始坐立不安。

他终于憋不住，偷偷问我："晚上有啥安排吗？"

我对此深感抱歉。我说："我看你像个安排。"

小王说的安排指的是夜生活。如果在此刻掀开窗帘，他就会知道自己问了一个多么滑稽的问题。外面已然天黑，路上只有车，看不到行人，没有半点夜生活的迹象。小王会有这么一问，或许是因为他青春期的大部分时间在长沙度过。当我跟小王回他家的时候，我每天能坐在沙发上的时间不超过一小时，其他时间都被安排了。早起就要下楼嗦粉，开车去乡下农家乐，走累了捏脚，晚上去体育场夜市吃口味虾。晚上十一点的长沙，文和友人头攒动，每个人眼睛里都是亮晶晶的，写着呼之欲出的一句话："后面还有什么安排？"我一开始以为这是对我客气，后来才知道，我没来的时候他们也这样。长沙的日常充满安排。

我觉得有些对不住小王，最后还是带他去了我们那儿唯一能安排一下的景点：仿古小吃一条街。我们下了车，室外气温个位数，街上没有人也没有摊位，此刻想买一支暖暖身子的火爆大鱿鱼都成了奢望。在欣赏完崭新的仿古建筑之后，小王接受了现实。他犹豫了一下，问："你就是在这么，嗯，荒芜的地方长大的吗？"

　　我一时不知道该如何回答。我得承认，由于长久地生活在荒芜中，我甚至没有意识到荒芜的存在。

　　如果要回想我上小学时的暑假，我只能想起姥姥家的那张硬木沙发。暑假中间的几周，我会被我妈丢给姥姥看管，那么典型的一天是这样的：我早早地写完了暑假作业，只为剩下大半假期可以疯狂玩耍。但写完作业之后，我发现生活中没有任何好玩的。大部分时间我会躺在那张沙发上，看无数次重播的《还珠格格》或《西游记》，一直看到大人下班回家做饭。再长大一点，我的生活半径会随着拥有一辆自行车而扩大。但暑假我能做的最有意思的事情，不过就是骑车去商业区买个甜筒。这样的消遣已经足够寒酸，但也很难实现，因为我很难开口向姥姥要钱，我在这方面一直有一种怪异的自尊。我在家里看书，看电视，发呆，就这样度过了绝大多数的暑假，直到初中时姥姥家买了一台组装电脑，我的生活才丰富了一些。我并不会觉得无聊，因为生活中并不存在更有趣的事情。

当然，去朋友家也是一种度过假期的选项。我有一位儿时玩伴，她珍藏有两本从大城市带回来的《芭比》杂志。我们每次都毕恭毕敬地把它们从书柜里请出，捧在手心细细阅读。杂志用光滑硬挺的铜版纸彩印，里面除了芭比之外的所有东西都让我们疑惑。最让我们深深疑惑也深深被吸引的是一篇文章——《教你做出梦幻星星蛋糕》，用模具把蛋糕切成星形，涂抹淡黄色的柠檬奶油，点缀银色的糖豆——这一页纸上所有的东西都是我们闻所未闻的，甚至包括芭比本身，因为我们并不知道从哪里可以买到"真正的芭比"。我们的娃娃是在家属区供销商厦的玩具柜台买的，五块钱一个，身体是空心的塑料。我们不理解为什么书上的芭比可以"坐着"，如果我们那样弯曲娃娃的腿，它只能瘫掉。

像可以坐下的芭比一样，很多事物的概念先于它本身出现。你出于机缘巧合听说了某种遥远的事物，而由于小城生活的荒芜，你需要长久地想象它，然后等待时间让你最终理解它。

需要这样想象的事情还有很多，比如，《艺术创想》里尼尔叔叔永远会用到的白乳胶是什么，课文里写的"少年宫的航模班"是什么，少年宫是什么，而航模又是什么，模拟联合国到底是干什么的，他们的英语怎么这么好，以及到底怎样才能加入一个动漫社。最后一个尤为让我疑惑，因为我真的想加入一个动漫社，这是我"中二"时期能想到的最酷的事情。我们学校没有学生会、学生社团、校内乐队、艺术节。音乐课和美术课很早就从课程表上消失，高中更是取消了课间操和班委会。我们把生活中一切花里胡哨的汁水榨干，只剩下纯粹的学习。其实学校都不必担心我们私下里整这些耽误学习的叛逆事情，因为我们根本不知道该如何开始叛逆。

后来上了大学，我才第一次加入了社团。在中国传媒大学的动漫社，有人 cosplay，有人会摄影，有人会修图，还有人可以画得和那些动漫海报一样好。他们用不了很久就变得非常熟络，而我总觉得自己很笨拙。在以爱好为交流基础的环境中，我没有一技之长可以傍身，更没有像成绩单那样标准明确的东西来证明"我有资格参与你们的对话"。于是我畏缩起来。我在学生社团里认识了一个女孩，碰巧看到了她的简历。大一就拥有一份简历，这对我来说已经足够科幻，而更科幻的是上面写着她高中时担任过"校学生会主席和动漫社社长"。看完后，我很诚恳地问她："这些是你编的吗？"

这个问题没有任何恶意，只是除此之外，我不知道还能怎样解释这超出我想象的一切。

由于身边一无所有，我对"外面"一直有一种模糊的向往。外面不是指任何一座具体的大城市，而是指除了濮阳之外的任何地方。对于任何一个被认为"以后会有出息"的小孩来说，去外面，就是一种饱含祝福的宿命。

上高中的时候，我们年级有一位很优秀的同学转学去了北京。她写信给曾经的朋友，说学校组织去青海的高原上观星。青海对我来说，是立体地图上的一个遥远的凸起。我很难想象在那里观星是一件多么浪漫的事情，但我几乎立刻想到了那个空空如也的半球形天文台。她去了"外面"，因此拥有了无限可能。

我那时很喜欢看一篇名不见经传的穿越小说，更准确地说，我喜欢的只是无数次重读那个开头：女主角在放学的路上，一时兴起拐进了一条不熟悉的小路，就穿越进另一个世界开始了冒险。成年后再翻阅以前的日记，我发现里面常常出现同一句话：想要自由。早在我并不知道"自由"的具体含义之前，我便渴望着它。我当然不能矫情地在这里说"小城困住了我"，实际上我也从未这样认为过。我只是从未怀疑过自己会走出小城，"去外面见见世面"——只要你是一个稍有过人之处的小孩，大人们就会如此期待并祝愿。

　　我妈在很久之前就给我埋下了职业的种子：她建议我成为记者或者空乘，原因是这两种职业都能"不花钱就去全世界玩"。我在这两种职业之间斟酌了一下，觉得前者比较适合自己。于是在某次家长会上，我作为学生代表发表演讲，在这次重要演讲的尾声里自豪地宣布："我的理想就是成为一名记者，吃遍天下美食，玩遍天下美景！"这个使用了对仗修辞的句子，在家长会上取得了语惊四座的效果，据说把很多叔叔阿姨震撼得念念不忘，并回去教育他们的孩子。很多年后同学再见面时总有人提起这茬，我都会谎称我不记得了。这显然不是真的。如果你曾当众如此铿锵地说出这么"中二"的事，你不仅不会忘记，还会在往后余生的睡前时常想起，然后在床上尴尬得打滚。

　　但这个愿望太诱人了，即使我后来再也没有宣之于口，也很难轻易放弃它。想象远方变成了一种习惯。那时候市里的旅行社流行举办夏令营，每天放学回家都能在门把手里看到他们塞的宣传单。我把宣传单从门把手里摘下来，珍重地把它们当成厕所读物，坐在马桶上细细品判那些目的地和行程安排，想给自己挑选一趟称心如意的旅程。即使家里人从未有出钱让我去夏令营的打算，但"挑选"这个行为本身就足够令我幸福，因为它代表着一些想象的自由。我对北京的旅程特别感兴趣，不是因为故宫、长城，而是因为里面专门列出来一条行程：

"第 × 日午饭：肯德基、麦当劳，感受都市快餐魅力。"

这个现在看起来有点荒谬的行程，曾经值得被单列出来，足见它对小城小孩有着多么大的吸引力。至少我曾经真的被它深深吸引，想知道肯德基到底是怎样充满神奇快乐的地方。我至今记得杨红樱的《漂亮老师和坏小子》，故事的第一章就发生在肯德基里，几个男生点了一大份鸡米花，"嘎吱嘎吱地嚼"，这场景在我的反复想象中变得十分诱人。2004 年，濮阳有了第一家肯德基。开业那天，锣鼓喧天，鞭炮齐鸣，而我终于吃到了书中描写的鸡米花。而现在，我的日子是越过越好了，每天都能在北京感受都市快餐魅力，甚至这篇文章都是在感受完一个鸡腿堡的魅力之后写的，这不得不说是命运荒唐的互文。

虽然鸡米花这件事说起来多少有些幽默，但我每每想起，总是带着一丝自我实现的欣慰。现在有一句流行的鸡汤："当你想做成一件事时，全世界都会帮你。"这实在是一种幸存者偏差的感慨。在我的青春时期，如果不幸诞生了一个愿望，我只能把它写在日记里，因为任何一个要求都意味着一笔经济上的麻烦。没有任何人能实现我的愿望，我只能相信自己。而幸运的是，我已经是一个靠得住的大人，隔着二十年的时间，向童年的自己施以援手。

初中的时候我开始看《火影忍者》，于是无比期望自己能学会日语。但小城的新华书店没有日语课本，也找不到一个可以教日语的老师。于是在大学拿到第一笔奖学金后，我就给自己报了个北京的日语班。上课第一天，在崭新的课本上郑重其事地写下第一行笔记，这是我第一次在教室里油然而生一种学习的愉悦。在大学毕业那年，我用兼职攒下来的一万块钱和朋友去日本玩了一趟。那是我第一次出国旅行，正赶上樱花满开的时节，我被异国他乡的另一种语言包围。这种语言并不是我的母语，但并不陌生，因为我认真而快乐地学习过它，它是多年后我送给自己的礼物。仿佛一个笨拙的勇士苦学了许久屠龙之术，在跋涉整个大陆之后，终于在平原的尽头见到了龙。那一刻她绝不会立刻持剑发起冲锋，而是会恍惚地微笑起来。

现在，我手边的书架上放着四种语言的书。除了汉语，还有英语版的《第五号屠宰场》，法语版的《哈利·波特》和日语版的《一个人的好天气》。说实话，这几本书我都没能读完。但它们只要放在那里，就会让我感到满足。上小学时，全年级唯一的英语老师是隔壁班的语文老师去速成培训几个月之后转行的。而现在，我可以说四门语言，我到达了"外面"。而关于那个有些羞耻的宏愿，我虽然没有成为记者，但也精准地混入了传媒行业，几年下来幸运地走过了国内外不少地方。当我在北海道的滑雪场，当我在洛杉矶的沿海公路，当我用蹩脚的日语向喜欢的艺术家自我介绍，我总是近乎刻奇地想象一个十几岁的自己，在她眼里这一切该是多么熠熠生辉。我总是想向曾经的自己证明一些什么。与其说是她成长为了我，不如说是我一直在沿着她手指的方向探索。当我踏上路途，发现那路上已经被她用想象力踩满脚印，而我只不过是亦步亦趋。对于一个少女的心愿而言，最重要的不是实现与否，而是一个交代。在所有能给我交代的成年人中，没有人能比我自己更为郑重。

　　以小城长辈的眼光来看，我现在确实见了很多"外面"的世面。对于"外面"这个词指代的地方来说，北京显然是几个标准答案之一。想去"外面"的人总会在北京相见。从上大学那年算起，我在北京已经十年有余。刚开始，每年过完寒暑假返校的时候，我都以一种搬家的气势，把家里用着顺手的东西带到北京。但往后的每年，行李箱里都会少一点"濮阳"、多一点"北京"，直到有一天，回家开始变得像出差，我开始习惯于随身打包一小块"北京"

奔走。以十八岁为分界点，再过几年，我在"外面"的时间就会超过在濮阳的时间。这总让我觉得不可思议，而且生出一种或许是多虑的恐惧："外面"会冲刷掉我身上的"濮阳"吗？

我和现在的同事们聊起各自的高中生活，参与聊天的一群人中，竟然只有我一个人是作为"山河四省"的做题家长大的。其他人都成长于省会城市，他们的高中生活有PSP游戏机，有外国来的留学生，有兴趣班，有后来成为国民明星的学妹或学长，有我梦寐以求的动漫社。我不知道是哪一点更值得感慨：我终于发现并不是所有人的青春都来自荒芜；或许我从荒芜中出走了很远，才能够和他们坐在这里聊天。

前两天，我在北京的商场里也被塞了一张旅行社的宣传单。我没有像其他人一样把它扔掉，反而在路上读了起来，像童年那样津津有味。那张纸上列出的行程，当然比感受快餐魅力的夏令营要高端很多：巴黎、普罗旺斯、米兰、罗马，巴塞罗那、马德里、塞维利亚，洛杉矶、旧金山、拉斯维加斯，南极邮轮。

我的心在胸腔里轻飘飘地鼓胀起来，那种熟悉的快乐感又充满了我。我仍然是一个只靠想象远方就能感到快乐的人，只不过我的远方又变得更远了一点。

第二章

草莓鞋与爵士舞

"我没有魅力这件事，能怪小镇吗？"

在成年后的许多瞬间，我会怪异地想起一双草莓鞋。

当然，怪异的不是那双鞋本身。在我的记忆里，它堪称精美：奶白色的帆布底色，红色的橡胶底；用来固定的不是鞋带，而是一对 X 形的交叉魔术贴。鞋面上装饰着一对鲜艳的草莓——又或许是一只草莓吧——总之，我七岁时的自尊心没能允许我仔细端详它。

但只需要一瞥，就知道那双草莓鞋不应该出现在我们学校的操场上。

我的小学没有塑胶操场，跑道上铺满了煤渣，中间是长着稀疏的狗尾巴草的黄土。体育课的要求是穿运动鞋，而我们所有人穿的运动鞋一模一样，都是双星牌足球鞋。那款古老的运动鞋到今天还在生产，时隔多年仍保留着那份直击灵魂的朴实。黑色帆布，翻折的鞋舌，荧光色装饰，脚底有一些用来增加抓地力的滑稽凸起。我对那种凸起的鞋底深恶痛绝，但也没有别的办法，因为小镇只有一个商场，商场里只卖一种运动鞋，而我只能在同一种运动鞋里勉强选择我喜欢的绿色，起码可以让这双鞋丑得和班里的男生有所区分。

而就在此时，一双草莓运动鞋踩着荒草和煤渣款款而来。

你太容易注意到那双鞋了，因为它和所有人的双星牌足球鞋都不一样。

"不一样"在这里是很显眼的。我们的小镇严格来讲是一个采油厂的家属院，是县城的一片农田里用砖墙围出的小区。这里的两三千名居民几乎都为中国石化工作，他们每天早晨听着同一个七点五十分的大喇叭广播同时上班，中午同时回家睡觉，同一个广播在下午一点五十分又会响起，他们又会同时出门。他们生病了去同一家医院，购物去同一家超市，坐车去同一个车站，他们的孩子到了同样年纪就送进同一所小学。如果你在记忆沙盘的上空俯视，这场景仿佛一种荒诞音乐剧开头的齐舞。但在我小的时候，我真以为全世界1993年出生的人都会在这一年读一年级，直到去市里读高中，才发现同班同学可以比我小三岁，家里的房子也可以是我家的三倍大。

但家属院的世界没有参差，"一样"是一种常态。

所以第一次在体育课上遇到那双草莓鞋的时候，我当时感受到的不是一种嫉妒，更不是自惭形秽的酸楚，而是一种愤怒。那颗草莓让我生气，我觉得这是一双错误的鞋。

我不怀好意地靠近她，鞋的主人漂亮得像洋娃娃。

我大声说："老师要求了，体育课要穿运动鞋，你怎么没穿运动鞋？"

她说："我穿的就是运动鞋。"

我指了指那颗草莓，说："运动鞋不长这样！"我又指了指双星，说："这个才是运动鞋。"

她说……其实她说什么都没用了，因为此时其他同学围了上来。面对这双没见过的运动鞋，他们也并不打算包容。小孩的本能之一就是大声重复别人的话语，于是当时的场面仿佛几个麦克风同时打开而出现的啸叫："你没有穿运动鞋！你没有穿运动鞋！你没有穿运动鞋！……"

她理所当然地哭了。

后来，她也换上了双星鞋。

后来我和草莓鞋女孩成为好朋友，我总是对惹哭她这件事感到很愧疚。我们至今保持联系，当然我也从没跟她承认过多年后我仍然惦记她的鞋，这听起来会很像变态。

我确实惦记着那双鞋，但并不是因为我想拥有它。正相反，我惦记它是因为那份独特的敌意，这份敌意至今让我困惑。

在我很小的时候，我莫名其妙地讨厌所有美丽可爱温柔性感的东西，我骄傲地摒弃它们。大人们对此很高兴，因为这是一种学业当前的坐怀不乱，不爱美的小孩没有坏心思，主要是不担心她们早恋，丑丑的，很安心。但我只是模糊地觉得，讨厌这些东西显得我很高级，我是一个喜欢黑色而不是粉色的酷酷女孩，我是一个穿牛仔裤而不是裙子的酷酷女孩。

读到中学，我从小镇走向小城，但事情并没有太大变化，所有的同学都有一种看不出性别的朴素。当时读一本青春小说，作者笔下大城市的高中生会化淡妆来上学，并在下午四点离开学校。我把它当作加了过厚滤镜的塑料偶像剧，从没想过这种生活可能是真实的。直到工作后遇到来自北上广的同事，才发现这样的青春竟确实存在。而我在学生时代，能够想象的最过分的事是像大人那样在嘴唇上涂点什么。有一年冬天，我上学前涂了妈妈的唇膏。出门前照镜子的时候，还没来得及开始自我欣赏，大脑就生出一丝警觉：亮晶晶的嘴唇实在是精致得太刻意了。当一个朴素的初中生忽然开始点缀她的嘴唇，就有一丝可疑的、试图变美的嫌疑，而这不知为何有点羞耻，像你在被窝里偷偷看的那些书被公之于众。我开始想象在路上遇到的第一个同学，她会问我："欸，你嘴上涂什么了？"我没办法承受这样的问题，光是在脑子里想一想这个场景，就让我觉得尴尬。而且这不酷。

于是我出门前又把唇膏擦掉了。

但是凝视镜子的欲望不会消失。有一次我鼓起勇气，尽量装作云淡风轻地跟妈妈说："我想要买一根头绳。不是那种普通的黑色皮筋，而是陈列在精品店玻璃柜台里的那种，上面有糖果爱心点缀的头绳。"我妈高兴地说："哎呀（这个'哎呀'是精髓），孩子大了，知道打扮了。"十五年后的此刻，把这句话写出来仍然是一件需要勇气的事情，我仍会为此微微脸红。你有在多年后不小心重读过自己的日记吗？那些字圆润工整，人畜无害，夹杂着当年流行的可爱网络语，却让你有一种突然当街被掀起裙子的耻辱感——这或许可以比拟我妈的那句话给我带来的内心波澜。这句普通的、没有丝毫恶意的感叹，温柔友好地戳穿了我不可告人的心思。这让我愤怒，让我羞愧，让我想把那根粉黑配色的爱心头绳狠狠摔成碎片。

就像多年前我面对那双草莓鞋一样。

事实证明，我的朴素也并不能阻挡我早恋。当年的那位男朋友，穿美特斯邦威来上学，瘦削，会打篮球，还收到过低年级甚至校外女生的情书。我完全忘记了这段早恋的大部分经历，只记得分手之后我们彼此都很伤心，少年心高气傲，于是再也没联系过。但这么多年我一直想着他，不过完全不是因为余情未了。我想象中，他现在也应该长成了一个偶尔穿潮牌、会精心打理发型、没有发福的男人。而我卑微到有点猥琐的愿望，不过是想要一张他的近照，偶尔闲聊的时候发给我的朋友，"瞧，我学生时代也有过这样的男朋友"，来以此证明我在青春期曾有过一丝魅力。

　　小城市的好处和坏处，都在于大家兜兜转转总能再见。于是机缘巧合之下，有一年春节，我终于和他约了一顿晚饭，约在那种风靡小城市的牛排馆，圆盘里是牛排、意面和单面煎蛋。铁板掀开盖之后一阵肉汁沸腾，油烟两端的我们都已经三十岁高龄。他略微发腮，没有穿潮牌，也没有打理发型。他变成了一个路上最常见的基础款男人，正如我变成了地铁里随处可见的基础款女人。在谈论了许多追忆当年的话题之后，我找到了一个适当的时机，用一种仿佛要开始讲笑话的语气问："你当时为什么要和我谈恋爱？"他也仿佛在说一件好笑的事，几乎是立刻回答："因为你是年级第一，和你在一起很有面子。"他的不假思索伤害了我，仿佛这个世界上并不存在第二种答案。（"天哪！你不会觉得是因为自己很有女性魅力吧？"）

我被一种后知后觉的失望击中，幸好这失望是由见惯了风浪的三十岁身心代为承受，不然我很难想象十五岁的我不会因此崩溃。

我竟然用了这么多年才醒悟"我没有魅力"，不能不说是一个前互联网时代的奇迹。千禧年没有小红书也没有朋友圈，不会有美女自拍每天推送到我的诺基亚上，贴吧里也没有来自国际学校的时尚达人拎着 miumiu 教你穿搭。我只能看到同样灰头土脸的同学，在学校门口满嘴是油地吃一根烤面筋。无知带来幸福。

但生活也会递上一些暗示。一开始是来家的客人，会善意地说一句"这孩子长得真像她爸"，而我爸是一个拥有正方形下颌的男人。后来某个暑假中的一个午后，大人去上班，风扇把时间吹得很长。我拿出诺基亚滑盖机，站在镜子前面，精心调整角度（在那个手机没有前置摄像头的年代，你需要把手机反过来，才能让镜头对着自己）。我久久凝视着那些自拍，想要明白是哪里出了问题：我的脸色晦暗灰黄，眉毛的后半截仿佛烟花般炸开。就算用了斜45度角的自拍技巧，脸仍然没办法变成尖尖的三角。我努力摆出的表情和姿势总是会在按下快门的一瞬间走形。我想摆出大眼睛非主流女孩的可爱笑容，但最后只能显得很淳朴。

对着镜子搔首弄姿，对我来说是一件十分羞耻的事情。但比搔首弄姿更羞耻的是，即使努力搔首弄姿之后仍不美丽。我把所有的自拍都删了，并隐约知道我可能出了什么问题。

但那个时候我并没有过于为此烦恼。我对美的态度，竟然让我对一些糟糕男人对女人的态度无师自通：当你无法得到她甚至害怕她的时候，你只能贬损她存在的意义。大人们也煽风点火，不厌其烦地讲述着两类故事：一类女孩因为臭美而误入歧途，遗恨万年，像童话故事里迷恋自己倒影的小鸭子被狼吃掉；另一类女孩则因为漫长的延迟满足得到了命运馈赠的礼物——真正的美丽。理想中的美貌应该像一只苍蝇，你拼命挥手驱赶，"我不要我不要我不要"，但幸运之神还是选中了你。"女大十八变"仿佛一个在高考后自动发放的奖品，从此你的人生充满阳光。你会像小说里的丑小鸭女主一样，在故事的第二章开头以一种惊艳众人的方式，在升格镜头中款款出场。微风吹动你的发丝，众人讶异于竟然从未发现过你的美丽。

然后你走进大学的那年，这场关于"女大十八变"的诈骗就图穷匕见。辉煌的成绩单成为废纸，它为你提供的新手保护——那层朦胧的好学生光环和你因此受到的所有偏爱——也就此到期。没有鼓风机吹动你的裙摆，没有赞许的镜头对准你。时间如此平滑，如此理所当然，没有发生任何魔法般的大事件。你灰头土脸的人生从十八岁延续到了十九岁，顺理成章得仿佛从客厅走入卧室。你伸手等待那份允诺你十几年的奖品，然后发现兑奖处人去楼空。

说好了延迟满足，你延迟了，但没被满足。至于你一直坚持的酷，那并不是大众审美体系里的一环，如果还需要说得更直接一点的话：

宝贝，那不酷，甚至算不上一种魅力。

如何描述一个从小城市来到北京的年轻人？最俗套的影视剧常常这样开头：她背着双肩包，在繁华的 CBD 街头穿梭，在几栋高楼之间带着憧憬抬起头（此时镜头给一个广角仰拍并伴随着动感的音乐）。北京，一幅美好生活的画卷，在她面前徐徐展开。

但北京从不徐徐展开，它是骤然降临的瀑布，你每天出门就等着被兜头冲刷：被地铁一号线塞满的游客冲刷一道，被地铁四号线的金融男和人大附中校服冲刷一道，被脸蛋和英语口音都无可指摘的使馆区漂亮女孩冲刷一道，被 SKP 店庆一夜花掉几十万元的人冲刷一道。这些光怪陆离的事儿密集浇下，其残忍之处在于它们在对你造成精神伤害的同时，又和你毫无关系。这感觉就像努力打扮一番然后来到三里屯，心里已经预演好了对付"老法师"的鄙夷眼神，但发现没有任何一个镜头对准自己。你被北京无视了，而无视本身就是一种羞辱。

我的母校中国传媒大学，最不缺的就是出身大城市的漂亮女孩，而我显然并不是其中一员。我想为自己的土气找到根源，总在暗中观察她们。当时的我并不知道，我们之间的这道鸿沟，要由时间、金钱、美育、时尚积累、一个同样时尚的妈妈、比我早五年接触化妆品的熟练来填满。我只看到对面床上亭亭玉立的姑娘坐下来时肚皮上没有赘肉，只有一道浅浅的褶。当你对现状极度不满，又不知把满腔愤恨投向哪里，年轻人总是自然地想到减肥。人们总是误以为自己的脂肪是为数不多可以轻易控制的东西，而减肥在一定程度上是对人生宣示了主权。于是我开始发狠减肥。我在寝室里目之所及的地方都贴上激励自己的标语，我换上"不瘦十斤不换头像"的头像。我中午去食堂打一份最便宜的白菜炒豆芽，晚上在寝室煮燕麦嚼生菜。一个月后成果十分显著，我很快弄坏了自己的胃。在一次学生会的烤肉聚餐之后，我由于太久没有摄入油脂和蛋白质，那天晚上吐得十分壮烈，几乎要呕出胆汁。我只好暂时和自己含恨和解。

后来随着年岁渐长，遇到的朋友逐渐比自己更年轻。他们是看着 K-Pop 和美妆时尚博主长大的一代。他们的青春期正是智能手机坐火箭发展的十年，对他们来说，自拍和他拍如同吃饭一般，是生活的必备环节。我羡慕他们，他们仿佛天生就知道如何摆弄自己的身体并展现魅力，他们在照片里表情松弛，姿势夸张但很酷。

我一直有一个秘而不宣的恐惧，就是和公司里的"00后"同事拍合照。和他们一比，不管我怎么努力摆姿势，照片里的我总是表情僵硬缩肩驼背。如果摄影师按下快门的那一瞬间我不幸有所走神，我还会比一个愚蠢的剪刀手，让我本不松弛的姿态雪上加霜。我在小红书上查了很多拍照模板，照着学习的时候总觉得要把自己塞进别人的模子里。那不是我的神态，那是三十岁的社畜模仿女大学生的天真无邪的可笑尝试，总让我想起《蜡笔小新》里美佝把自己塞进水手服，更别提我现在已经比漫画里的美佝更年长了。我明明不是一个保守的人，但我的照片端庄得能贴在简历上。要拍一张魅力四射的照片，首先你需要对着一位陌生的摄影师，在公共场合大肆展现你的身体魅力，这是我无论如何都做不到的事情。镜头就是我的美杜莎，我看到它就会石化。

是的，三十岁的我在拍照方面仍然毫无长进。但有所长进的是，现在我成年了，不必再等没人在家时才能卑微地自拍，我可以为我自己补上这一课。于是我给自己报了舞社的爵士班，想要学习一些性感。

我的爵士老师恰好是一个性感的男人，长发翻飞，眼线妖娆。眼神轻飘飘扫过我，我的心就小鹿乱撞。这并非出于什么异性间的兴趣，而是被一种性别不明的性感俘虏。我想要成为这样肆意释放魅力的人。

于是，我每次提前半小时到教室抢占前排，积极表现，努力练习。不仅斥 200 元巨资购入酷炫的练舞服装，甚至不惜在工作日拖着社畜疲惫的身躯去上课。但我很快发现，这个课堂并不让我舒适，因为我跳不好。此前，我以为"好好学习"是我和人生不成文的约定：只要努力，就能成为班上成绩最好的学生。但这个法则在爵士课上失效了。首先，跳舞并不是我的长项，我缺乏的魅力显然也不能用努力补上。其次，我们班永远的"C位"是一个大姐，她以三十五岁的年龄备受尊敬。不论我到得多早，大姐似乎都比我早到五分钟。要命的是，我必须承认大姐比我跳得好。虽然班里大多数人都比我跳得好，但输给大姐让我格外难受，因为大姐和爵士老师很熟——她甚至能熟络地递给老师一瓶水。而不管我怎么努力，都无法站在中间被老师看到。爵士课堂是一片魅力的丛林，统治这里的是赤裸的丛林法则。跳得最好的是老师，而其他人以老师为圆心按技术水平从高到低向周围辐射。她们化着全妆拥入教室，而我自觉地站在最边缘的位置。

这让我怀念我的学生时代。我怀念坐在教室正中间。我怀念与老师谈笑风生。我怀念永远被第二名觊觎。我怀念我的作文成为全年级的优秀示范。我怀念其他人还没读懂题而我已经大声喊出答案。下午三点的语文课，粉笔灰飞扬在空气中有如圣光。老师赞许的目光投向我，正迎上我高高挺起的胸膛，那是小镇的《创世记》。

这是一个无法被忽视的苦涩幻想。高中毕业已经十余年，我还是那个咬牙切齿力争上游的小镇做题家。

但其实我并不是一个标准的小镇做题家：我的小镇是一个秩序井然的大厂家属院，我的学校远不如衡水中学那样残酷，我也没能像真正的做题家那样考上清北。在这个标签下，我各方面的指标都并不极致。如果更诚实一点，我根本没有什么青春疼痛文学可写。命运对我其实挺好，我脑子灵光，四肢健全，原生家庭甚至从不重男轻女，我妈对偷看我的日记也毫无兴趣。我只是以一种和大多数人相同的方式度过了基础款的青春。

但我仍然坚持自称小镇做题家。我需要一个明确的身份，这样自怜的时候会更方便。虽然这个词在大多数情况下已经变成了贬义词，但我把它视为徽章，常常佩戴于胸口。"做题家"是一种对于智识的褒奖，暗示着我曾经从那场千军万马的战斗中幸存下来。而"小镇"则为我诸多蹩脚的行为找到合理性。最重要的是，它自带一种愤世嫉俗的氛围，在这个标签下，我可以粗糙、僵硬，对大城市的诸多"体面"规矩嗤之以鼻，对大衣上的起球破罐破摔，并允许自己跳不好爵士舞。毕竟对于我匮乏的魅力，我的小镇也难辞其咎——每当我回想起这一切，那双煤渣地里的草莓鞋还会在我眼前跳动。

不过好在我并不是全班唯一没魅力也不性感的人。某次老师觉得我们的动作不够勾人，他恨铁不成钢："都给我真摸！你们是不是没有男人！"想了想似乎不妥，又问："没有未成年人吧？"

全班三分之一的女孩腼腆地举起了手。

那一瞬间我想了很多。比如想起自己明天还要上班，这个月给猫买的罐头和猫砂花了500多元。我左脚有肌腱炎，明天要交三篇稿。唱这首"How You Like That"的女团平均年龄比我小三岁，而我还在这里随着她们的动感节拍激情起舞，还是和一群未成年人一起。

那次之后我再也没去过爵士课。

后来我阴差阳错进了一家有名的时尚杂志。在这里，所有人最终的工作目标，就是展现这个世界上最高级的魅力。

有个同事兼朋友常爱讲一个人生故事：她初到北京时，坐公交经过国贸商城，外立面上的那些牌子一个都不认识。几年后再经过那里，她不仅知道路易威登、爱马仕和香奈儿，还知道这些品牌之间也分三六九等，LVMH、开云、历峰集团各自的那些爱恨情仇变成她工作中可以随意拿来编排的八卦，而这调笑中更带着一些"圈内人"的亲狎。

我们办公室所在的这栋办公楼，据说是北京地租最贵的楼王之一，我常常在电梯里观察那些随机相遇的路人白领。他们妆容一丝不苟，衣服仿佛不会起球，配上恰到好处的一枚 LOGO，一切都是那么刚好。这里完全是小镇的对照组：没人会嘲笑穿草莓鞋的人，第一个穿上草莓鞋的人则会反过来嘲笑所有没穿的人。而作为一个小镇做题家，想要达到这些体面的标准则需要太多成本，这激起了我的逆反情绪：如果在一个规则里我必定会输，我就拒绝这个规则，并试图在我的生活中搭建一个小小的怀旧景观。在这里，足够有实力的人就可以免服美役，就像多年前在教室里那样：成绩最好的女孩扎起马尾，没有人胆敢因此嘲笑她的朴素。

我想做一个蓬头垢面的人。我对那些精致完美的姿态几乎带着恶意。我对自己的职场形象有一种想象：一个时常端着咖啡的臭脸中年女人，衣上有褶，唇不着色。她迈开两条短腿，在办公室里小步流星，在每个焦急编辑的稿子里留下力挽狂澜的点睛之笔。她大部分时候不屑于开口，偶尔爆发出一阵令人震惊的欢快大笑。人们可以讨厌她、疏远她，却唯独不能看不起她，必要的时候还是要低下骄傲的头颅拜托她。这就是我理想中的自己。

这件事情一度进行得很顺利。工作第五年，

我差不多已经成了这样的人，每年化妆来上班的日子屈指可数。在地铁没有座位的时候，我拉着扶手，注视着窗玻璃上自己的倒影，欣赏自己故作玩世不恭的表情，那里面掺入了大量刻意而为的不屑。我很满意。

那天，我素颜，端着咖啡，抱着电脑，套着宽大的 T 恤穿过走廊。我对《我的天才女友》中莱农把书抱在臂弯里、在小镇匆匆走来走去的样子很着迷。我想象中，此刻抱着电脑脚下生风的我应该也不遑多让。我避开了几个迎面推来的、挂满高奢衣物的龙门架，我意识到那天是为了拍摄而试装的日子，走廊里站着几位打扮到位的模特。他们穿着各大品牌的当季新品，从侧面看过去，他们像纸一样薄，他们的头像螳螂一样小，从他们身边走过的时候，甚至感受不到他们的体积。他们从云层中探出一个舒展从容的微笑，他们与自己的美丽天生和谐共处，丝毫没有那种我常在自己身上发现的局促。我不能允许自己再用余光瞟他们，于是快步走开，视线坚定，直视前方，仿佛走廊尽头有什么重大使命等着我去完成。我刻意地不在乎他们有多么颀长俊美，因为我很酷，我是抱着电脑的天才女友。但我又清楚地知道，我的这种故作冷酷实在可悲极了。我的幻想像一张一抿就化的海苔，舌头一掀就支离破碎。我又变回了那个穿着双星球鞋的女孩。

　　我去洗手间洗了把脸，长久地端详着镜子。今天晚饭还是不吃猪排饭了吧，我想。

第三章

晚自习与山桃花

"我再也不想吃苦了。"

我时常梦到一所学校。

这所学校颇有怪谈风味。它是我小学、初中、高中三所学校的融合，但它的结构异常稳定。我每次梦到学校时总会精确地回到这里，那栋由我的潜意识捏塑的教学楼甚至从未发生什么变化。这所学校永远处在黄昏时分，最后一节正课结束，晚自习还没开始——小镇学生一天之中唯一自由的时刻，你可以挽着朋友的手去吃一份盖浇饭，溜去校门口书店看看最新的言情小说，或者在操场上摸出藏在兜里的MP4，插上耳机，在操场上一圈一圈地走。但我梦里的学校没有人，只有广播站放着语焉不详的歌。我熟稔而漫无目的地在这里梦游，夕阳浩荡无涯。

我如此高频地梦到学校场景，这让我不得不承认一个难过的事实：我对学生岁月怀有一种病态的乡愁。

　　这种乡愁让我自己都觉得费解。坦白讲，我的学生时代没什么可怀念的，这种玫瑰色的时刻其实并不存在。更可能出现的情况是，这"一天中唯一自由的几十分钟"并不能完全自由地使用。在你一份盖浇饭还没吃完的时候，就有同学回到教室里先开始背起了单词，而你的心头也总是压着今晚要做完的三张卷子。在文具店里翻拣抚摸那些漂亮笔记本一旦超过十分钟，像某种定时程序倒计时结束，你开始不由自主地想：我要快点回教室。教室代表着一种合法性，而在教室外闲逛的时间总是像在偷情：你很快乐，但你不应该这么快乐。你不应该在这里。

　　我们每天的在校时间轻松超过十二小时。以我观察，高考大省出身的打工人普遍更能忍，因为我们上学的作息比上班残酷多了。如果哪个学校仅仅按照"996"的时间来安排一天的课表——九点上课，九点放学，一周六天——

那它只会因为对学生管理太过松懈而被高考的竞争无情淘汰。如今人人喊打的大小周，我们早在高中时就已经体会，甚至更惨。我们的"小周"只放半天假，男生们会蜂拥进学校附近的网吧，去晚了就没位置。

在我的记忆里，高中时典型的一天是这样的：早晨六点起床，出门上学的时候天还很黑。尤其是冬天，戴着厚厚的、像烤箱隔热手套那样的大手套才不会被冻僵。昨夜的路灯还亮着，像 UFO 一样悬停在早晨的雾霾里。鼻腔被冷空气割得肿胀阻塞起来，只能狼狈地用口呼吸，水汽在针织围巾里很快结成冰碴。而晚上回家的时候已经将近午夜，吃一点夜宵、做几套练习、和朋友发几条短信（我们会把字数尽可能地撑到七十字的上限，来表示对友谊的珍视），就往往到了午夜十二点。于是，经过一整天的无缝学习之后，我拖着疲惫的身躯钻进被窝，眼里含着若有似无的泪水，控诉这不得不在小镇做题的命运。

等一下。

写到这里的时候，我忽然产生了一丝自我

怀疑，这股怀疑来自一个成年人对生理极限的科学认知。于是我求证了一下当时的同学。我们这群很久没见面的三十岁成年人，经过一番严肃的微信辩论，还原了当时的课程表：我们早晨七点二十分到教室，晚上九点五十分结束自习回家，推开家门时不会晚过十点半。虽然这个日程听起来同样惨淡，但已经比我印象中的仁慈很多。我开始在脑海中倒推：七点二十分开始早读，那么我大概七点出门。即使是冬天，这个时间的河南大地应该也迎来了朦胧的曙光。那么在我脑海中盘桓多年的《寒冬黉夜负箧骑行求学图》，其真实性就忽然变得十分可疑。

我像一个失忆的侦探，一番理性分析，最后发现犯人竟是我自己。这让我不得不产生一个令人伤感的结论：在内心深处的某个角落，我并不像自己宣称的那样恨着做题岁月。如果更诚实一点来说，我对这种苦涩甘之如饴。我甚至还在自我叙事里反复描摹，直到把记忆变得比事实更苦。

我也时常不知道如何理性地评价自己吃苦的程度。客观上来说，我确实是一个自娱自乐的天才，高中三年我总能给自己找到乐子。我的演草纸上还留着我跟后座同学用铅笔画的五子棋，随着棋局的白热化，棋盘也扩了又扩，我拼杀了一整节晚自习才艰难取胜。我上高二时还在贴吧写连载小说，几篇加起来竟有七八万字。更羞耻的是，我至今会收到一些久未联系的高中同学的微信，说在家里翻出了我曾经送给她们的画，都是一些在当时自以为画得很好的古风美女。这样的对话发生过四五次（并且来自不同的同学）之后，我不得不问自己：我是不是真的根本没有认真学习？

　　但我知道故事的另一面。比如，我习惯用第二人称写日记。当我鼓起勇气再翻开那些日记本的时候，我会被里面包含的恨意震惊。那些恨意是我对自己的，如果我今天没忍住花一个小时画了一张画，读了十几章言情小说，或是干脆发呆放空过一个晚自习的时候，这种恨意就会显现。我应该把所有时间都用来学习，如果没能做到这点，就证明我自己软弱无能，这是不可容忍的。在这种语境下，用第一人称来自我检讨就显得更加低声下气，这样会让我自己更愤怒。而用第二人称去指责一个"你"，就好像恶狠狠地盯着镜子，暂时把自己分成了两个人。"我"是此刻清醒而有自制力的自己，"你"是当时糊涂而不上进的自己，这样我就可以扮演一个声色俱厉的师长，站在一个相对安全的距离对自己进行羞辱：

"你不够努力！"

"你怎么这么堕落？"

"你再这样下去就完了！"

"你看看那些努力的同学，你根本不配！"

用现在的流行语来说，我在日记本里写的话就是一场教科书般的自我PUA。我讨伐自己，折磨自己，唯独不会欣赏自己。奇怪的是，写完这些话之后我的心情才会平静。

当时语文老师每周会给大家印发一些阅读材料，通常都是用来写作文的正能量故事。有一次，老师发了一篇稍显不同的文章，是一个叫贺舒婷的女孩的自述，讲她如何从一所全年级只有三个人能上本科的学校里，通过极端的自律考上了北大。它的标题也提纲挈领，表现出文章的内容风格：《你凭什么上北大》（啊，这熟悉的第二人称）。文章写得很好，看得我几乎在晚自习落泪。她写自己边背书边哭，但还是逼着自己再背一遍，告诉自己"忍不下去的时候，再忍一忍"。我太熟悉作者写的那种感觉了：无尽的自我厌恶，无限地挤压自己，像挤一枚脓疮一样把脆弱和不自律从身体里拔除。最重要的是，这个作者考上了北大，而北大也是我的梦想。就像是平行时空里的另一个我写下了这篇文章——更准确地说，就像是日记里那个总爱用第二人称对我颐指气使的人，她用量尺般冷漠的自律，精准无偏差地完成了梦想之后对我说，看吧，就得是这样。但我是不会傻到把这样的感受跟同桌说的，因为她兴趣缺缺地把这份材料放到了一边，就像对待之前那些庸俗的正能量故事一样。而我也假装嗤笑了一下文章中过量的励志，却把这张纸放在家里的书桌上，偷偷翻看了无数遍。

这位写《你凭什么上北大》的贺舒婷于2003年考上北大法学院。2024年，我在微博搜索这篇文章，仍然能看到小女生把它恭敬地誊抄在日记里。而那位网友分享出来的日记节选让我震撼：如果不是字体不相同，我几乎会认为那是我自己写的。在那篇日记里，她也用"你"进行了一场自我批评。二十年过去了，网络从3G变成5G，手机从翻盖变直板又变折叠屏，高铁通向了我家那座小城，北京的地铁繁衍成二十七条线，而高中生的十八岁生活却丝毫没变。他们仍然把自己钉在座位上，仍然会对着一篇2003年写就的文章落泪。他们在学到走投无路的时候，会有另一个自己突然抽离，抱臂审视着这一切，冷漠地问："你真有这么痛苦吗？"

把北大作为"梦校"也不是什么理性思考的结果。当你每天都需要在教室里坐超过十二小时，如果有一点信念感，日子会稍微好过一点。我故意不去搜北大的图片，怕自我剧透会破坏想象，而我就靠那点想象力过活。对我来说，梦想本身是什么并不重要，但有梦想这件事很重要。梦想是一个需要时常挂在嘴边的安全词，在生活难以为继的时候，放在掌心轻轻摩挲，就能获得些许确定感，来对抗那个时不时就会在心里冒头的问题：

"我吃的苦有用吗？"

然后我又很快会说服自己：总会有用的。我们这所小城高中里弥漫着一股对于"苦"的信仰。我们学校虽然是全市最好的两所高中之一，但也是一堆矮子里拔出来的。即使在河南省内，濮阳也算是比较落后的城市，生源和师资都极其有限。我们没办法像大城市的中学那样搞素质教育，也比不上毛坦厂或是衡水中学的做题技巧。很多成年人在面对五花八门的人生问题时，总会代偿性地想起做题，认为做题的时候每道题都有唯一解，这样的充满确定性的日子真是太幸福了。这就是典型的好了伤疤忘了疼的说法，因为做题本身其实就随机极了。因为粗心而做错的题，因为太偏门而想不到思路的题，莫名其妙被出得太难的题，其实不难但就是做错了的题……它们每天排列组合随机出现，让我们的心态崩了又好，好了又崩，就算是最顶尖的学生也不敢确认自己永远能考好。于是我们永远胆战心惊，能相信的只有吃苦——它如此具体又确定，令人感到安全。"努力就有回报"像思想钢印一样打在我们的脑子里，我们手里空无一物，只有自己廉价的汗水可以作为武器。

在长久的疲惫之中，即使是十几岁的年轻身体也会很快陷入萎靡。回看青春期的照片，我的皮肤总泛着一种惨淡的灰黄色。我几乎隔一个月就会感冒一次，并在很长时间内以为这是正常现象。当某一次横亘冬天的漫长感冒结束，我发现鼻子仍不通畅，我才知道自己患上了慢性鼻炎。除此之外，肠胃病和偏头痛是最常见的。有一次早自习我跟同学打招呼，她从桌子上困倦地抬起头，张嘴的瞬间我闻到了浓烈的味道。那不是一种关乎卫生习惯的口臭，而是一种从肠胃深处涌现出的不祥气息。后来，在那些猛烈加班一周、吃了夜宵却没消化、不得不喝一杯冰拿铁提神的早晨，若不慎打了个哈欠，我就会想起那个女生，想起她的齐刘海下面困倦的脸。

成年后我回过一次高中，发现他们在这困苦的生活上又增加了一个环节：在下午最后一节课后到晚饭前的空当里，组织学生集体跑步。我坐在操场边，看一个一个班组成方队从我面前隆隆碾过。不知道这样到底能给学习带来多少精力，但可以确定的是，他们那宝贵的一小时自由吃饭时间又会变少一点。不过他们也发展出了对跑步的非暴力不合作，比如几个同伴一起蹲下来假装系鞋带，系着系着，人就消失了。

小城市二流学校的好处和坏处都在于，它对学生的逼迫并不彻底。大多数时候，努力不努力全凭学生自觉，比如你会不会在跑步时系鞋带，或者会不会在晚自习期间出现在学校附近的网吧。在那个时候我以为我们过着全天下最苦的日子，后来我遇到来自衡水中学的朋友，才知道这份苦楚还有很多加剧的可能性——至少我和朋友可以手挽手走出校门买一杯奶茶，而不用在食堂拿着单词书边背边排队。我还在互联网上刷到另一个高考大省的中学跑操视频，那里的学生每天要跑五公里，还要大声喊一些包含"清北""拼搏""努力"的口号。即便是一个长期健身的人，五公里也要花将近半小时跑完，且绝不轻松。让缺乏锻炼的小孩这样做，又有多大意义呢？成年后我明白了，学生的刻苦，其实是对学校、家长和我们自己的三重安慰：都这么累了，一定会有回报的。累了，苦了，就是努力到位了。大人们看到一种整齐划一的、让人劳累的行为，就会觉得欣慰。而我们把这种期许内化成一只一直盯着自己的眼睛，欣赏自己吃苦的身影。

我知道班里一个刻苦的女同学，她打着手电在深夜的被窝里学习，但同时她也读了海量的网络小说。虽然我从未和她聊过这事儿，但我确信自己完全理解这种看似矛盾的行为。这是一场无休止的自我搏斗，一场头盖骨以下的内战。比如，某个晚自习，教室闷热，外面的飞蛾不断扑进窗户，而下课铃又迟迟没有响起时，我就会很想放声尖叫。那一刻，板凳从未硬得如此有存在感，血液涌向我的四肢末端，手脚开始微微发痒。我意识到自己连续十分钟没有成功读完一行题目，我就想说，去他的吧，我学不下去了。我开始报复性地做一切没有意义的事情，比如在纸上默写诗词：

"我是清都山水郎，天教分付与疏狂。"

"春风得意马蹄疾，一日看尽长安花。"

"绣衣春当霄汉立，彩服日向庭闱趋。"

"故人早晚上高台，赠我江南春色一枝梅。"

这样山长水远的诗词能暂时帮我从这间教室中"越狱"。而当晚自习结束的铃声响起，像灰姑娘在午夜钟声下原形毕现，我又会惊出一身冷汗。我会咬着牙骑车，回到家在日记里把自己骂一顿，然后又报复性地学到深夜，学到困得握不住笔才算结束。那是我对自己的体罚，同时也是一种自我欣赏——我从不会在快乐时自我欣赏，但我欣赏自己在吃苦时含泪发狠的模样。我是一个苦难的纳西索斯。

我至今记得有一次参加学校的培优班，出门前突然下起昏天黑地的雨夹雪。老师没说停课，我就硬着头皮去了。到教室一看，大家都湿得像落汤鸡。老师欣慰地笑了：今天还能到场上课的人，以后一定会有出息的。我听了很高兴，那只观赏自己吃苦的眼睛也已餍足。

但后来那节课我一个字都没听。因为大雪天骑车太累，我趴桌子上睡着了。

每一个小镇做题家——注意，是每一个——不论他们日后表现得如何洒脱，仿佛已经完全褪去了在某个高考大省埋头苦读的影子，他们都会时不时地，故意或者不自觉地，带着一点自我欣赏，咀嚼反刍那段岁月。每年的高考就是这种反刍行为的高发期。

十年前的高考季，人人网上流行的是换上"高考加油"头像（通常由某一位进了大学宣传部的校友主动请缨设计），为自己的高中学弟学妹加油。直到人人网不再流行，直到朋友圈里再也没有任何认识的高中学生，直到《五年高考三年模拟》都不再收录你那年的高考题，这样的游戏才慢慢停止。然后他们就只能在网上讨论当年的高考作文题了。

比起关心高考本身，大家更乐此不疲的

是讨论自己的高考分数。早在血型、星座和MBTI流行之前，高考分数就是一款历史悠久的身份识别方式，而且保质期很长。在工作场合，朋友给我介绍一位前辈，他在业内很有名，写了很多令人印象深刻的作品。但朋友开口的第一句仍然是："这位是当年的山东省高考状元。"高考状元，这四个字"懂的都懂"，让一桌人在瞬间对他有了一些共识：他智商超群，他人生辉煌；他做任何奇怪的事情都必定有自己的理由；他如果没有发大财，那么一定是在追求人生真正的自由，你的人生也许不是旷野，但他的一定是。

而对没考中状元的我们来说，高考成绩也至关重要。我在高中时一直被老师寄予厚望，他们认为我即使考不上北大，也至少会上人大复旦，但这个结果表明我的高考发挥显然略有失常：我是2012年河南省文科的前200名，最后报了中国传媒大学。因为从小想学新闻，而新闻行业集中于北京，这样看起来中国传媒大学几乎是我的不二之选。但我的高中老师并不这么看。他们强烈建议我报武大或者南开，不仅同样能够被安全录取，而且都是老牌985。武大就有资格登在学校的光荣榜上，而仅仅是211的中国传媒大学就没有。我选了文化课招收分数最高的新闻学专业，同专业的河南考生比我低十分。那一整个夏天，我最痛苦的事情就是被亲戚问起高考志愿。当听到"中国传媒大学"的时候，他们的脸上总会浮现一丝礼貌的困惑，显然他们从未听说过这所大学。在这个短暂的沉默出现时，我就会懂事地背诵学校的官方介绍：这里是中国广播电视及媒体人才摇篮，知名校友有白岩松、李咏、康辉、敬一丹、李湘、鲁豫、欧阳夏丹……这套报菜名贯口念到某个熟悉的人名的时候，他们就会适时地发出恍然大悟的声音，对话在一片宾主尽欢的寒暄中走向尾声——显然，我的老师们是对的，如果我报了武大或者南开，至少能够避免大多数这样尴尬的局面。

持续的自我解释，就像拿砂纸不断打磨自尊。我已经厌倦了每次都给自己的话手动加一个脚注："别看我上的是中国传媒大学但我可是全省前200名哦。"这听起来未免嘴硬到可怜的地步。当志愿落定的那一瞬间，成绩单以极快的速度变成废纸。而且我总有种略显矫情的感觉：因为没有考上清北复交人师，学校就像扔垃圾一样把我扔出了校门。

我是带着这样的失落，自以为纡尊降贵地来到了中国传媒大学。开学没多久，和朋友们刚刚混熟，我们很自然地聊起高考成绩。我带着一丝骄傲的惆怅说："唉，我当时差 4 分就能上人大了。"结果这句话意外地激起了大家的共鸣，大家纷纷表示自己也曾是各自学校的清北种子选手，于是我不再说话。原来这份虎落平阳的自矜也并不独特，我吃的苦好像又贬值了一点。

写到这里，天哪，我真希望这是我最后一次提起"我是河南省文科高考前 200 名"这件事。

在人生的前十八年里，我学会无条件地相信"努力就有回报"。而在高考之后更漫长的人生里，我又要学会接受"即使努力了也没结果"。这个过程痛苦且漫长。

高中的某一天课后，历史老师在走廊上拦住我，问："你有没有想过报考悉尼大学？"我当时的第一反应不是"想过"或"没想过"，我笑了。我确实知道什么是"出国留学"，但这个词在我认知中仅仅是一个抽象的概念。贸然被问到这个问题的感觉就像是："你有没有想过买一套上海外滩江景大平层？"此前我从未想过出国，我能够做到的最有远见的打算就是出省。我还从亲戚的同事的亲戚嘴里听说过，某个有出息的女孩考入了香港中文大学，那比考清北还难。因此在我简单的高中生大脑里总有这样一种想象：每年高考过后，哈佛、剑桥等世界顶尖名校，会在张榜前秘而不宣地挑拣走最顶尖的考生，就像掐走一棵豌豆尖，或许悉尼大学也在采摘豌豆尖的人群中。

　　在大二的时候，命运的回旋镖呼啸而至。那年，为了不再向我妈要生活费，我在一个小型留学工作室找了份兼职，工作就是帮顾客把信息录入申请系统。大多数客户的大学绩点低到匪夷所思，我才明白出国留学并不需要多优秀，有时候仅仅需要一个殷实的家底。面对这个事实，二十岁的我反应十分激烈。"嫉恨"这个词也太过丑陋，我不忍心把它用来形容年轻无知的自己，于是在这里我选择一个更中性的词：我开始愤怒。

长久以来我都困在这种愤怒里，我的愤怒师出无名，没有宾语。有一天深夜，在帮客户递交完资料后，我发了一条愤怒的微博。大意是：我这么努力，每年期末都是专业第一，如果我要是有你们那样好的条件，你们都不知道我能过上多么辉煌的人生！我当时仍然保持着一种天真的思维惯性：我只要埋头努力，想要的自然会得到。当然了，作为一个智商正常的大学生，当时我确实也隐隐约约意识到了这件事有什么不对：如果我的目标是留学，那么我努力的方向至少应该是先考托福雅思，而不是在专业课上努力学习。但当时，我的愤怒攫住了我。面对这些家境优渥但丝毫不努力的中产家庭小孩，我单方面发起了一场比惨大赛，而我毫无疑问地大比分获胜。我的惨带来一种道德上的优越感，让我沉醉在自己努力而脆弱的人设里，为自己演一出含泪葬花。

努力，是一件痛苦又舒适的事情。成年后我常常看到有人用"努力"来逃避思考，比如一焦虑就开始学英语。甭管学英语能不能解决真正的问题，总之先学，因为学习是不会有错的。如果你习惯了把获得的一切都归因为努力，那么你难免下意识地反推"只要努力就能获得一切"，沿着滑坡谬误咪溜到底，一生都在期待一场恢弘的"范进中举"。而做题家中比较不幸的那一拨人，又会从长年累月的吃苦中品出一丝自我感动，吃苦就会从一种达成目标的方式，直接变成目标本身。

即使我与这种恶习周旋已久，它仍然在我身上留下一些顽固的痕迹。在我工作的第一年，我仍然保持着学生时代的习惯，工作日不允许自己在下班后玩游戏，但我其实没有任何更要紧的事做。当我好不容易拥有完全无事的闲暇，四仰八叉地躺在沙发上时，我当然会感到快乐，但这快乐又让我脑海中警铃大作——这快乐有问题！我不应该这么轻松愉悦，我该努力了，我该结束我的晚餐自由时间，回到教室去。直到我看到一条朋友圈，才从一个旁观者的视角感受到了这件事的荒谬。那位朋友说自己终于学会了游泳，并且发表感慨："学习真是世界上最公平的事情，只要努力就有回报！"我跟这位朋友并不熟悉，但那一瞬间我确定：青春期的她一定也写过第二人称自我批评日记。

几个月前的春天，我遇到一个从小在北京长大的年轻女孩。她家境优渥，人也谦逊有礼貌，招人喜欢。我们聊起天来，她说她上的私立学校在京郊的一座山脚下。课业不重，下午三四点，父亲接她放学。两个人就会散步走上那座山，在山上随便找一块石头写作业，天黑了就回家。这个时节尤其好，她发现了一条隐秘的小路，颇有桃花源意境：翻过一座游客稀少的山头，就能看见漫山遍野的粉色山桃花，她就在桃花树下度过一个又一个的傍晚。当夕阳在桃花中落下时，算算时间，我们河南小城的高中生也会三三两两走出校门，享受他们玫瑰色的自由。

这样绮丽的故事通常会让我感到刺痛。但

那一刻，我惊觉自己心里没有任何苦涩，也没有任何恨意。春花满谷是多么美丽的图景，我不应因为自己不曾拥有，就记恨一朵山桃。

第四章

方格纸与贪吃蛇

"如果他们给你画好格线的纸，不要按着线写。"

——《华氏 451》

•按时到校，上课前准备好学习用品。

•上课专心听讲，勇于提出问题，敢于发表自己的见解，积极回答老师的提问。

•认真预习、复习，按时独立完成作业。合理安排课余生活。

——节选自校规校纪

在成年后的很多时刻，我总是想起一件无关紧要的小事。

上初中的某一天，学校发了一本新的练习册，这本练习册留给我们写题的空间很窄。于是我换上了更细的笔芯，这样就可以把字写得更小，然后努力把答案塞进中间的格子里，这让我写得很累。课间，我和前座女生闲聊说起这件事，她露出十分不解的神情。我看了她的作业本，发现她用比印刷体粗黑很多的水笔，直直地往后写，写不下就直接盖在后面的题干上。

我时常在想，在这件事情上抒发太多的情感是不是显得小题大做。但当时，我确实感受到头脑中的什么东西被敲碎了一个角，就好像在童年的某天发现乳牙开始摇动时的兴奋和恐慌。在我看来，书上印刷出来的宋体字是神圣的，而我写的答案无足轻重，不应该轻易越过雷池，因为我的卷面必须工整。但那个女生显然不这样认为。她用 0.5mm 的流畅黑水笔写字，在她的笔迹旁边，那些宋体字显得苍白又瘦弱。这个解法显得如此简单，甚至不值一提，但此前我真的从未想到可以这样做。

我是一个很擅长遵守规矩的人。在这一点上，我的记忆与事实产生了重大偏差。如果你还记得，我在这本书的前面说过，我从小就想做一个很酷的小孩。对上小学的我来说，这不仅是一种审美要求，而且是一种人生态度：我不听话，并以此为傲，我要当一个蔑视纪律的危险刺头。我很想在同学之间成为一个叛逆的弄潮儿，并且差点就成功了。我在上小学时，曾经把珍藏的《仙剑奇侠传》安装碟借给同学，但还回来的时候发现每张光盘上都布满了严重的划痕，光盘报废了。我因此记恨了那名男同学很多年，但他坚称自己对此一无所知。后来我的小学班主任跟我说，我玩游戏这件事给她惹过一个不大不小的麻烦，很多家庭因为我借出去的游戏光碟而吵得鸡飞狗跳，而他们的孩子说辞十分一致："班上的好学生都可以玩，为什么我不可以？"我才后知后觉，那名男同学可能真的是无辜的，那些划痕应该是出自他爸妈之手。

除了喜欢玩电脑游戏，我伪造家长签字，疯狂地追 S.H.E.，十分喜欢上课说话，并且成绩好——这是我想象中的很酷的自己。但当我跟我妈求证这段经历的时候，我妈觉得非常可笑，她对此的评价是："你从小就非常听话（大拇指表情），自律（大拇指表情）。"她给了我这个故事的另一半拼图：我替她签字，是因为在这之前我已经背完了课文；我把追星和玩电脑游戏的时间严格限制在周末，并且是在做完作业之后，所以她很放心。在所有我自以为很酷的事情里，只有上课说话这件事可以被称为一个无关痛痒的恶习，但总体我已经让他们十分省心。我写下这些并不是因为想在这里自夸，而是为当年的那个小孩感到略带一丝幽默的难过：她自以为在学校纪律的红线上反复横跳，搅动风云，其实她一直规规矩矩地待在线内，堪称楷模。

成年人的期待像一条轨道，我们被放入铁轨时，会发出乐高拼合时那样严丝合缝的"咔嗒"一声。而有意思的是，如果你仔细回想，这个过程并不充满被强迫的痛苦。甚至大多数时候，可以说是我在主动迎合规矩。

对每个做题家来说，我们人生的前十八年有一个很重要的议题——揣摩出题人的意图。一个幽灵，一个名叫出题人的幽灵在纸面上游走，而题目就是他写下的谜语。他握着一个答案，再为了这个答案设计出题目。题目只不过是盛放答案的一种容器，其形状和解题思路都有迹可循，就仿佛你总能在英语阅读的每一个"However, ……"附近找到答案。从这一点来说，与其说我学会的是能够解题的知识，不如说我学会的是一种察言观色的技巧。

在学生时代，出题人的幽灵如影随形。上课时老师的每个语调上扬的问句，都不是一个真正的开放式问题。老师并不想听到我的想法，而是等待我回答出他心中的答案。如果话说一半，而他的眉毛微微扬起，我就知道我说错了。我很快发现如何讨老师喜欢，这不是因为我有讨好型人格，而是因为老师们的行为模式简直太好预测了——小孩在"讨人喜欢"方面有着成年人难以想象的机敏。在小学的一堂公开课上，老师把我们班分成了四个大组，根据组员的上课表现来计分评比。我很快意识到，评比的关键不光是回答正确问题的数量，还有这位老师最看重的课堂纪律。于是那节课，我刻意地坐得笔直，把手臂叠在胸前，神情肃穆，目光炯炯。在课堂的尾声，老师点了我的名字，并欣慰地向全班说："大家应该向她学习，她坐得很端正，听得很认真。"然后她用粉笔在我们组的后面加了 100 分，于是我们组反超为第一。每次我想起这件事都很想笑，因为它太像《哈利·波特与魔法石》第一学期结束时的学院杯加分环节了（纳威·隆巴顿被加上那 10 分的时候是什么心情？）。和小说辉煌的结尾不同，这个写在黑板上的分数没有任何意义，下课铃一响就被值日生擦掉了。

我很快发现，我并不是唯一的聪明小孩。上课时老师和好学生之间的提问环节总是带有一种表演性。当这堂课旁边有别的老师旁听时，这种表演气息就会越发浓烈。作为一个小孩，我几乎天生知道什么问题是一个"真问题"，比如"我觉得这种作文的套话很愚蠢，我们一定得这样写才能得高分吗？"这个问题显然真诚且充满勇气，不难想象问出这句话的学生（如果有的话）经历过多久的犹豫才敢举起手，但同样不难想象这个问题会得到老师怎样的回应。而了解规则的小孩从不问真问题。提问只是一种用来体现自己认真思考的表演，一种对老师的捧哏和谄媚。我们只需要在公开课上当一个合格的助演。

大人们总是很喜欢我的这种提问。只有一个例外，那就是我妈。在和我妈一起洗袜子的时候，我曾故作天真地问她："为什么你说洗袜子要使劲搓脚底呢？"显然，即使作为小学生，我当然也知道袜子总是脚底最脏。我善意地捧出了这个问题，希望能够来一场母慈子孝的对话。但我妈立刻放下了肥皂。她说，她们班上曾经有一个讨厌的语文课代表，最喜欢拍老师马屁。这位课代表曾经在课上举手，用同样故作天真的语气问："老师，为什么课文里要说'敌人把他们围得像铁桶一样'呀？"老师听闻大喜，开始滔滔不绝地讲述这个比喻有多么精妙，我妈在底下翻了一节课的白眼。而此刻，她在我身上看到了那位课代表的影子。对于我妈来说，她宁可我是一个真诚的笨蛋，也不要做一个故意装蠢的聪明小孩，她严禁我再问这种明知故问的傻问题。

我总觉得这次洗袜子事件微妙地拯救了我，像轻轻碰开一颗径直冲向底袋的台球，才让我不至于在"表演守规矩"这件事上走得太远。

- 谦恭礼让，敬老爱幼，尊重妇女，帮助残疾人。遇见外宾，以礼相待，不卑不亢。
- 尊重教职工，见面行礼或主动问候。
- 回答师长问话要起立，接受递送物品时要起立并用双手。给老师提意见要态度诚恳。

——节选自校规校纪

我不知道怎么解释这种微妙的矛盾感：我很擅长遵守规矩，但我同时有一种近乎本能的感觉，"我不能太听话"。我与规矩总是在搏斗。

你有看过那种微生物的科普纪录片吗？当一个细胞死亡的时候，它不会像人类一样缓缓倒地，然后安详闭眼，而是在水中漂浮，漂浮，一如往常，然后某个瞬间，细胞膜破裂，包裹着的内容物瞬间泄到水中，堪称决绝。这总让我想起《那不勒斯四部曲》里，主人公莉拉反复提到的"界限消失"。我总觉得我需要一层坚韧的细胞膜，保护我怀里仅有的一切，让自我的界限不至于消失。后来，我也无师自通了与规矩和平相处的规则：让大人认为我很听话，才能保护自己免于真正的顺从。

在我很小的时候，"骄傲"这个词曾经长久地让我困惑。小学的每一个学期结束，老师都会给我们写"评价手册"，一般来说上面都是一些"你性格活泼开朗、兴趣爱好广泛"之类的客套话。但那一年我的评价栏里只有班主任善意的提醒："你是一匹骄傲的小马驹，需要紧一紧缰绳才能跑得更远。"她当然没有任何恶意，也不是唯一这样认为的老师。"你太骄傲了"，对我说过这句话的人有小学老师、初中老师、高中老师、舞蹈老师、电子琴老师和素描老师。是的，经常被批评的朋友应该已经发现了，这基本上就是我有过的所有老师。而正是这件事让我感到疑惑：我从未觉得我曾经为自己感到骄傲，也不知道是自己身上的什么特质让他们如此众口一词。作为一个需要被老师认可的小孩，我只能想到一个解决方案：我不应该为自己感到高兴。

我确实为自己套上了缰绳，因为我直到高考前都会时常在日记里警告自己：别以为这次考好就能放松，永远不要得意。我不应该庆祝自己的任何成功，更不应该喜形于色，因为得意就会忘形，就会骄傲，而"为自己骄傲"一旦被戳穿，就会让我难堪。

但"为自己感到骄傲"又是我人格中十分难以被磨平的一角。这导致我从懵懂时就一直别别扭扭，至今也没能成为一个谦逊的女人（幸好！）。但成年后，我确实在很多人身上看到被打磨过的痕迹，他们的性格已经被塑造成了可怜的形状：有时他们实在是对自己十分满意，但又不能宣之于口，因为多年的自我教育告诉他们：自夸是不体面的。于是他们带着一点哀怨、一点叹息，假装不经意地提起他们为之骄傲的事情，通常还带着一点刻意的自我贬损。而这自贬的虚假呼之欲出，只是为了对方把话茬接过去，替他们完成"夸赞自己"这个动作。同时，当他们见到另一个骄傲的人，他们的第一反应是愤怒乃至厌恶：我这么优秀都没资格自夸，凭什么你可以对自己感到满意？

当然，当小学生"评价手册"写完了最后一学期的最后一页，它就不再是你人生的金科玉律。你来到了膨胀的青春期，并发现这样的事情反复上演：老师照着一个答案讲了半天，头头是道，但后来发现答案错了，全班一阵哄笑。作为一个聪明的好学生，你开始蔑视一些规矩——万一，它们像书后面的答案一样也是错的呢？总之你坚信你是对的。你发现自己拥有一些不守规矩的自由——比如，当初中的美术老师像往常一样要求我报名参加市里的绘画大赛时，我竟然可以拒绝，因而不用在宝贵的周末赶出一张4开纸的水粉画——你会惊讶于自己竟然从没想过这个选项。

于是，我和规矩像太极推手一样，互相试探着彼此的底线。我伸脚尖向外探索，每当碰到安全的地面就稳稳踩实。而规矩也把它的锉刀伸向我，如果碰到了错误的地方，我就会大叫出声。

一个很明显的例子是考试作文。高中的第一节作文课后，我立刻感受到了评分标准的改变，就像洗澡时水温猛然变热那样明显。阅卷老师其实并不在乎你的想法，甚至作文题目也并不是一个真正需要思考的问题。它只是给你一个机会，展现一种合乎规范的表达模式。在这个前提下，老师最头痛的就是自以为有思想的小孩，因为他们往往写不出真正的思想，同时也写不好作文——在我的作文被这么批评过两次之后，我也很快地理解了这一点，也几乎是立刻学会了高考作文的套路。于是再写作文的时候，我感觉自己是一个无情的流水线女工，把名人逸事拼插组合，把文学作品按进模具压成一组骈文，然后把素材有条理地排布在作文格中，就像孔乙己排出四枚大钱。这很有用，此后我的作文就总是范文。诚实地说，当我的作文被印在纸上发到全年级的时候，我审视着这规矩的成果，既感到满足，同时也感到轻蔑——这太容易了，我根本不必献出最诚实的想法即可过关，而我真正想写的东西就可以幸免于难。

但我唯一感到愤怒的一次也是因为作文。新来的语文老师要看我们的周记（这通常是可以不按格式写的、较为自由的习作，写在自己最精美珍视的笔记本上，朋友之间甚至很喜欢交换周记阅读），于是我写了一篇真诚的随笔。当周记本被发下来的时候，那上面没有我期待的评语。那位新老师按照高考的计分规则，给我的随笔打了一个分数。规矩在这里越界了。它不仅给我袒露的腹部来了一拳，而且竟然试图框住另一部分的我。我再也没有交过那个周记本。

我一直没有忘记过这件事。工作之后，每一次被迫改稿的时候，我总是想起那篇周记。在我工作的第五年，公司想要尝试直播带货业务，让我们几个编辑作为主播。直播行业有一套自己的话术，比如要热情洋溢地对着镜头招呼"直播间的宝宝们"，比如不能直接使用医学术语，过敏要说"敏敏肌"，长痘要说成"长包包"，怀孕要说成"大肚子妈妈"，否则就会面临审核风险。作为文字编辑，这样的词语显然在我们所有人的审美范畴之外。这些词像在我的舌头上放了一片砂纸，让我的声音变得呕哑嘲哳，难以吞吐。令我惊讶的是，一部分同事在经历最初的磨合之后，就很顺畅地接受了它们。他们很快变得和真正的主播一样专业，把直播间的气氛搞得热烈又融洽。显然在这件事上，我变成了一个无法遵守出题人意图的差生。我在台下看着监视器，对自己有些懊恼：为什么别人都可以，而我不行呢？——这几乎是我第一次因为自己无法顺利遵守规矩而难过。但就像从前无数次那样，我也找到了自己和这套规矩的相处模式。当我想说"脸部过敏"的时候，我费心从我的语料库中挑选符合规定的词语去形容："当你的脸部发热泛红，有时甚至有点痒……"显然，这套说辞并没有文采飞扬，而且相比之下"敏敏肌"三个字要简洁得多，但它可以给我自己一个交代。对于我来说，语言习惯是人格的一个小角落，面朝外部放置。我不捍卫它，它就会被别人改变。捍卫它的过程不仅会给我带来无穷麻烦，而且对别人没有任何好处（为了工作说句话有什么难的呢？），它只对我自己有意义。但正因它只对我自己有意义，我需要无比郑重。

- 学会料理个人生活，自己的衣物用品收放整齐。
- 生活节俭，不摆阔气，不乱花钱。
- 尊重父母意见和教导，经常把生活、学习、思想情况告诉父母。

——节选自校规校纪

纪录片《中式学校》里有个情节：中国老师交换去英国的学校教书，发现当地的学生在自习时说话，于是走到他们旁边沉默地用警告的眼神看着他们。英国学生停下了聊天，双双迷惑地看回去，他们不知道老师为什么盯着自己看——他们从没体会过这样的"规矩"。但屏幕之外的我当然知道这个眼神的含义。即使我从未见过这位老师，即使我已经毕业多年，我竟然也有一种立刻闭嘴的冲动。

我自以为和规矩打得有来有回，但回过神来，规矩早已长成了我的一部分。它像一个烘焙模具，我虽然没能整个人团进去被印成一枚乖巧的小熊饼干，却时常在我身上发现它的印纹。有一次我和同事在商量方案，余光瞟见老板恰巧路过。我立刻提高了交谈的音量，话也变得密集，并刻意假装聊得太过投入没看见老板。老板就好像突然出现在教室后门的班主任，而我想在老板路过的那两秒钟内让他明白：我们并不是在闲聊，我们只是在探讨工作。

老板走了许久之后我才反应过来：天哪，我在干什么？我至少应该跟他打个招呼啊。

更多的时候，只要是在一些有规矩存在的场合，我就会像靠近一块磁铁一样被吸附过去。如果有人组织玩破冰小游戏，只要开始讲解规则，我就会仔细聆听。在一个陶艺活动上，主办方请来老师，教我们捏一个简单的盘子。我全神贯注，记下所有操作要点，认认真真比着老师的样子捏了一个朴素的圆盘。再抬头的时候，我发现周围的朋友已经开始艺术创想：他们把泥团捏成杯子、首饰收纳盒，甚至是一个不规则的片状物，烧制后贴上磁铁就会是一个冰箱贴。更重要的是，他们完全没有我那种生怕行差踏错的紧张感，他们和这团黏土玩得很开心。他们无视规矩，毫不在意犯错。我突然为自己感到难过："做点比盘子更有意思的东西"这个想法确实有从我脑海中闪过，但仅仅想了几秒钟我便放弃了。我的主意没有让自己足够满意，不值得拿手中这仅有的一团黏土去冒险，我最终只能按部就班，并拥有了一个无聊的盘子。正在我黯然神伤的时候，老师走过来指着我的盘子说："你这个是今天最好的瓷坯，是最有希望能烧出成品的。"而其他人的设计虽然创新，但很有可能进窑之后就立刻烧裂，变成无法使用的碎片。

这次，他的夸奖并没有让我感到开心。面前的这团黏土就像是我人生的缩影：一个易于烧制的稳妥圆盘，由一双紧张的手所塑造。

在一股强大惯性的推动下，我仍然在揣摩出题人的意图，以便更好地符合评分标准。我的出题人是老板、甲方、社会时钟。我的考卷是存款、车房、孩子、职位。我的试卷变成了我的生活，而出题人的幽灵仍然在这试卷的纸面上游走。我一直在做题。试卷背后没有附标准答案，评卷人也迟迟不来，我只能参照其他人的人生，不断给自己估分。我认识很多卓有成就的朋友，加分；我有一份被羡慕的工作，加分；我没有一套 150 平方米的房子，扣分；我没能去巴黎看奥运会，扣分；我有轻度脂肪肝，扣分。虽然这个时代流行的鸡汤是"活出属于你自己的精彩"，但这句话有一个苦涩的前提：这个世界上确实有一种公认的"精彩"。我们甚至可以就此草拟一个《成年人生活守则》：

　　诚实守信，广泛交友，尤其注重向上社交；

　　努力工作，业余时间努力学习，充实自我，少刷或不刷社交媒体；

　　兴趣广泛，爱好高雅，以网球、骑行、黑胶等中产爱好为主；

　　外形整洁，有一定的时尚品位，时刻保证穿戴 1～2 个可辨识的 LOGO；

　　热爱生命，坚持体育锻炼，将体脂率控制在合理的范围内；

　　节俭生活，获得远超所在地中位数的工资，同时拥有良好的储蓄习惯；

　　……

不论你对这套规训如何轻蔑，你一定对上面这套生活守则很熟悉。成年生活里已经没有站在教室后门怒目而视的班主任，但我仍然非常自觉地沿着这个轨道行走，每往前一点都会感受到虚空中出题人欣慰的眼神。每个月五号是我们发工资的日子，那笔进账会让我的银行余额又增加一些。这个时候我总有种错觉，仿佛我的人生是一局贪吃蛇，疯狂地积攒着沿途的小球。蛇越来越长，也变得越来越棘手，但是没有人告诉你这一切都是为了什么。向前，向前，向前，如此生活八十年，大厦永不崩塌。直到你实在觉得食之无味弃之可惜，几乎是自暴自弃地走神了一下，于是蛇咬到了自己的尾巴，游戏结束。

这个贪吃蛇的游戏在这两年遭受着前所未有的挑战，"旷野叙事"的流行就是一个例子：一条长度尚可的贪吃蛇突然厌倦了这没有结局的游戏，它把自己的身体原地解散，以一个小圆点的形式在屏幕上漫无目的地游走，于是它来到了旷野。我有一个同龄的女性朋友，已经很多年没上过班，跑到中亚、东南亚和欧洲玩了一大圈，住青旅，坐大巴，发微博的 IP 地址三天一变，这两天变到了西班牙。她开始在那里留学，潇洒极了。每次看到她发的照片，我心中都会产生一些奇妙的恐惧，像是克尔凯郭尔站在悬崖边时产生的晕眩感。我确实很向往远方，但我希望这一切在较为可控的前提下发生，就像我热爱坐过山车，但并不想乘坐一辆在高速逆行的出租车。我和这样的生活之间，仿佛隔着一堵空气墙——如果你玩过游戏，那么你应该见过空气墙：整个游戏地图看上去很大，但你的游戏角色只能在其中指定的部分行进，比如只能沿着设计好的大路行走，当你靠近路旁的悬崖时，一堵看不见的空气墙拦住了你，让你无法跳下去。我不用担心我的人生毁掉，因为我早已失去了胡思乱想的能力。

我仍然想要符合一种最为主流的期待。我希望别人提起我时会说：她是一个不错的人，过着有希望的生活。而即使是我偶尔为之的脱轨，也完全符合这套逻辑。我对于叛逆的想象力仍然和小时候一样有限，我能够想到最狂野的事就是辞职。我的确也辞职过，在第一份工作做到第三年并感到身心俱疲之后，我在家躺了半年多，看起来生活中像是出现了一些拥抱旷野的苗头。但其实我离职当月就找到了一份远程工作，社保甚至都没出现断档。虽然不知道出题人对于生活的标准答案是什么，但五险一金看起来确实像一个诱人的正确选项。

当然，我后来又回去上班了，过上了每天倒三趟地铁通勤的日子。有时候我会低头玩手机，再抬头的时候猛然发觉我已经走过了换乘通道，而我浑然不觉，肌肉记忆已经强大到可以接管我的大脑。只是有时候这种肌肉记忆会失效，比如在东直门换乘的时候，我会忽然停下，因为有风从机场快轨的甬道里面吹出来。那个幽深的走廊口，是无限温柔的自毁欲在倚间招徕。在这个瞬间你会不自觉地畅想：如果我现在立刻跳上最近一班飞机逃到随便什么地方呢？于是那个甬道变得像一个黑洞，很危险，看久了仿佛要坠进去。当你见过它之后，同样的黑洞就会时常出现。那天我下楼去买气泡水，结账之后本应该左转回家。但那天我忽然站定在十字路口，甬道里的风又吹起来。我在便利店门口想：如果现在右转会怎样呢？我当然知道右转会经过两个小区，一家果蔬店和一家烧烤店，但我的意思是，然后呢？如果我此刻向右走，我可以拎着这瓶气泡水从此开始流浪，路过两个小区，果蔬店，烧烤店，直到周围没有一条我认识的路。此后我的人生或许就会一路狂奔，也许忘记我的伴侣，我的猫，我的五险一金，忘记我曾经有过体面的生活，也许会一路经过中亚、东南亚，然后到达西班牙，到达一个被称为旷野的地方，从此成为屏幕上一个漫游的圆点，在长蛇之间游走。

我原本为这一段后面写了一个铿锵的结尾："我会穿过空气墙。"它不仅完成了一种情感上的升华，而且让文字的节奏也恰到好处，留有余韵。但你知道吗，仅仅是写下这上面几行字都让我感到晕眩。于是我把它删掉了。我无法欺骗自己，就像我无法穿过空气墙。

第五章

二十岁与三十岁

"女大学生对这个世界总是恨意凛然。"

十八岁那年，我走进了中国传媒大学。搬进宿舍楼的第一天，我发现了一个严重的问题：这里没人学习。

　　在公用插座前，有女生在吹头发，吹风机的热风把潮湿的洗发水味吹得很远。还有洗衣液的味道，来自不远处的洗衣房。宿舍楼里竟然还有一间美发店、一间护肤品店和一间礼品店，很显然，这一切都给女生们精心打扮自己创造了极其便利的条件。

　　呵呵，肤浅！当时烫了人生中第一次头并且是 21 世纪 10 年代最流行的梨花头，导致整个头部像一颗蘑古力饼干的我，在心中如此评判。在我前十八年的人生里，"精心打扮自己"是一件违反校规校纪的事。当你进入一个陌生的环境,发现这个环境和之前的规则如此不同,人们下意识的反应总是挑剔。

在开学的前几周,我还试图重现我的高中生活,就像挽回一段逝去的婚姻:我在每天早晨六点多起床,去女生宿舍晾晒被子的天台,背诵《中国新闻史》。一个室友被我的昂扬气势所鼓舞,立志和我一起早读。三天后,她不再来了。一周后,我也不再来了。也不是因为我不够刻苦,只是因为陡然明白了两件事:一、北京的秋冬天比家里冷多了;二、没有人会在期末月到来之前就开始学习——这样做,在高中会得到老师的夸奖,但在大学只会显得有点可悲。

不幸来到北京上大学的每个小镇做题家,都会或早或晚地学到残酷的大学第一课:你过去习以为常的那种生活不只是很贫瘠,而且它教给你的一切都是错的。

在宿舍生活的第一年,最难的事情是穿衣服。在离开家之前,为了让我学习不分心,我妈甚至会把我每天要穿的衣服准备好,扔在床边的椅子上,现在想想真的很像巨婴。而在北京，我不知道今天的温度应该对应多厚的衣服，穿多了或穿少了总是常态，而且很难对人诉说这种烦恼，毕竟"不会穿衣服"这件事听起来真的太弱智了。我们六人间的寝室甚至没有一个可以把衣服悬挂起来的衣柜，我只能把衣服全部塞在床底的收纳箱。每件衣服拿出来时都皱皱巴巴，而且萦绕着一股窖藏已久的味道。我不知道该如何穿一件还算平整的衣服，因为任何能够熨烫衣服的小家电都会超过寝室的功率上限，让全屋立刻跳闸。不过好在我并不是一个人，大家的衣服都布满皱纹。去上课的时候结伴走过天桥，我们像一群迎风招展的咸菜。后来我稍微学聪明了一些，在重要活动的前一夜，把衣服用水沾湿悬挂，第二天就可以略微体面地出门。

另外一件并不体面的事，是我的内裤。大学是我第一次住校，而我从没想过有朝一日，我的内裤会和其他女孩的内裤一起，晾晒在同一个阳台上。当我们第一次集体晾衣服的时候我就知道不好了：她们的内裤颜色鲜艳，有着精致的图案，而我的内裤是家里超市买的特惠装，一盒四条，肉色，而且被洗得有些脱形，挂在那里微微下垂，像肉铺悬挂的一扇猪五花。我觉得有点丢人，于是在宿舍楼下的精品屋挑了两条好看的内裤，按照在超市购买时的码数买了S号。但北京精品屋的S号，并非濮阳超市的S号，我根本穿不上新买的内裤。我后来偷偷打电话给我妈，问她知不知道哪里有卖"年轻女孩穿的好看内裤"。我妈显然也被这个问题难倒了，她从没在濮阳见过这样的东西。她犹豫着说："那可能只有情趣内衣店了。"我惶恐地挂了电话。

不合时宜的不只是内裤。我那些在濮阳商场买的衣服，在传媒大学女孩们的对比之下，很快就变得十分老土。我做了一个对贫穷大学生来说十分合理的决定：向动物园批发市场进发。

动物园批发市场，曾经是我国北方地区最大的服装批发集散地。几栋连成一片的巨大商场，每一栋楼里都有几千家挤挤挨挨的小门脸，店主叫卖着十几块的T恤、二三十元的鞋子、不到100元的厚外套。虽然大多数衣服仔细看都有点土味，上面印的英文也很少拼对，但在这个极有冲击感的定价体系之下，你就会被冲昏头脑。看着这些成山成海的衣服被胡乱堆在一起，你莫名就相信：今天势必能买到几件称心如意的时尚单品。

一个周末，我一大早从学校出发，坐一个小时的地铁到达动物园，并给批发市场的商贩们带来了最好的礼物：一个对服装市场价毫无概念的小白痴。

在此前的人生里，我也从没有独自买过衣服。但我朴素的平民常识告诉我，此刻需要表现得很不好惹。我，一个十八岁的齐刘海梨花头，刻意地挂上一副漠不关心的扑克脸，趾高气扬地走在批发市场的走廊里。进入店铺时，我很冷酷，懒得跟任何人多说一句话，用鼻孔审判每一件商品。最后我挑中了一双帆布鞋，店家说 65 元。我皱眉沉吟片刻，用一种轻飘飘的语气说：50。我已经做好准备，只要对方还价，我就会扭头走开，留给对方一个冷漠且决绝的背影，然后她就会痛心疾首："好吧好吧，拿走吧。"没想到店家很爽快地答应了，于是痛心疾首的人变成了我。

那天，我还在动物园批发市场买到了一个80元的链条包，以及一条60元的背带短裤——它在洗过一次水之后彻底不能穿了。

那一年也是我的网购元年，我买了很多便宜的破烂。我对快递袋子拆开之后闻到的刺鼻味道记忆犹新。我妈告诉我，那是小作坊里的缝纫机机油的味道。我至今记得我买过一件便宜的吊带背心，它的材料摸起来完全不像一件衣服，而是像制作横幅的塑料布，没有任何保暖的功能，风吹来时甚至会猎猎作响。以前在家里逛商场的时候，我妈只要摸一把衣服就能说出"料子不好"，这个技能曾让我非常不解。在很长的时间里，我都对"料子"没有任何概念。我只知道我给自己买的廉价衣服总会起球，而且在冬天会产生足以让手指开花的静电，这导致我对冬天的记忆总是十分痛苦。每一次被电到，生活就又一次提醒了我的贫穷。

工作后，我大概能摸出料子的好坏，买的衣服也不再有缝纫机机油味了，但我冬天仍然会被静电打到手。这是北京的问题，而不是我的问题。如此显见的道理，我竟然用了这么久才明白。在二十岁时，我总会把所有不如意都作为顾影自怜的素材，这看起来像是自卑，但也是年轻人特有的一种自恋：我竟认为我可以为人生中出现的所有不幸全权负责。

在任何提到"传媒大学"的场合——比如在这篇文章看到前三个自然段时——就一定会有校友不厌其烦地纠正：不是传媒大学，是广院。中国传媒大学的曾用名是北京广播学院，"广院"则是一些原教旨校友沿袭下来的叫法。昵称属于那些真正爱着传媒大学的人，而我从来不习惯这么称呼它。

平心而论，对于一个十八岁的年轻人来说，传媒大学简直太值得夸耀了，几乎是刻意地迎合了男女大学生对"现代生活"的想象。比如在我小时候，濮阳可以称得上是咖啡馆的地方，只有一家老气横秋的上岛咖啡。去星巴克是小说里才读到过的一种遥远的生活方式，而瑞幸、库迪这些现在满大街都是的连锁店，更是在多年后才相继出现。高中三年，我在无数个深夜里冲一条速溶三合一，比起咖啡味，它闻起来更像是酱油。而在传媒大学，那种过去只存在于想象中的咖啡厅，在每一栋教学楼里都有一间。它们窗明几净，播放着入时的英文歌，磨豆机嗡嗡作响，坐满了在对稿子和剪片子的师哥师姐。而我则可以像预习一种都市丽人生活一样，端着一杯咖啡走进教室——不是三合一速溶，而是一杯咖啡机打出来的、真正的拿铁。我近乎刻意地向原来的高中同学炫耀这件事，因为教学楼里有咖啡厅是一种很好的佐证：我在北京过着一种现代生活。

传媒大学最让人感到飘飘然的是一种气氛，一种"被志同道合的人包围着"的感觉。在其他学校很难有同样的体验：你可以用一种司空见惯的语气跟朋友说，"你知道吗，今天我在学院上厕所的时候旁边坑位是欧阳夏丹"，或者"你知道吗，今天我从操场经过的时候看见白岩松在踢球"，或者"你知道吗，下个学期我们有张绍刚的课"，恍惚间觉得谈笑有鸿儒，自己也迟早成为他们之中的一员。毕业八年之后，三十岁的我才又回到了传媒大学。我当然没有成为欧阳夏丹、白岩松或是张绍刚，只是一名来参观的普通游客。我走进校门的时候，轮滑社成员穿着五颜六色的衣服从我眼前穿过，像一群缤纷的热带鱼。我以为自己在时尚杂志工作几年，就能够居高临下地评判这群"05后"大学生的审美，但眼前的事实让我无法否认：他们确实很时尚，可能比现在的我还要时尚一些。而我也并非毫无长进，至少我现在能认出那些漂亮女孩背的香奈儿金球包了。

在星光食堂吃鸭血粉丝的时候，我旁边座位的时髦女生忽然"哎呀"一声，原来吃饭的时候舌钉断了，于是不得不在嘴里仔细搜寻那根小金属棒。我心虚地理了理头发。那一枚断掉的舌钉成为一个微型虫洞，将这八年压缩，时空首尾重叠。那天的我依旧没化妆、没洗头，穿着一件没什么设计感的黑色羽绒服。食堂的格局没怎么变，鸭血粉丝仍然会加一勺麻油，就连档口里煮粉丝的姐姐都还是我上学时的那位。我又变回了那个二十岁的无助的土气女大学生，看着邻座时髦女孩的舌钉，暗暗发誓明天至少要化妆出门。

是的，如果你的大学看起来太酷，它或许会让三十岁的你与有荣焉，但更会让二十岁的你自惭形秽，因为那些"酷"，大多数都和你无关。

比如，我一直向朋友们炫耀的那个教学楼内的咖啡厅，我其实没怎么去过，因为一杯咖啡的价格相当于食堂的三顿饭。作为普通家庭的懂事小孩，面对花花世界时自觉遵守的第一条自律铁则，就是不可以乱花钱。其实我家虽然不富裕，但也称不上贫困，但我就是莫名其妙地形成了这样一条对自己的要求。校内食堂有 2.5 元至 6.5 元不等的档口，而我的午饭通常不会超过 3.5 元。我极少用 4.5 元的菜品犒劳自己，印象里更是从未碰过那个 6.5 元的奢华档口。在有些周末，我会买一块 5 元的豆沙金砖面包带到图书馆，这就是那天的午饭和晚饭了。而我大学时最好的朋友林安琪女士，之所以能和我灵魂共振，也是因为我们敏锐地捕捉到了彼此身上克己复礼的金钱观：她会把每天的开销控制在 20 元以内，这样一个月的花费就不会超过一千块。她也从没去过教学楼里的咖啡厅，甚至不知道如何在那里买一杯咖啡。她担心只要一靠近，就有店员逼迫她坐下点餐，因此总是目不斜视地快速走过门口。偶尔喝一杯略显奢侈的咖啡又有什么呢？但在当时的我们眼里，为了虚荣就买一杯20元的咖啡，没能避免一次人均一百块的聚餐，或是更糟糕地，不小心爱上了一款一千块的风衣，都足以让人生崩塌。

而那天，三十岁的我吃完鸭血粉丝，像大学生们一样，在旁边档口买了一杯奶茶。喝了一口，实在太甜了。上大学时的我会在心中默默计算浪费掉的价格，因为舍不得钱而逼迫自己全部喝完，而现在的我则不用再为这十几块钱心疼一整天了。于是，把剩下小半杯奶茶放进垃圾桶的时候，那枚舌钉引发的虫洞终于坍缩消失，我才作为一个成年人感到扬眉吐气。

每个人都至少幻想过，自己应该过一种与众不同、闪耀夺目的大学生活。而在传媒大学，这件事的难度呈指数级增长。我的人生从未如此需要德智体美劳全面发展，才能堪堪赶上周围人的脚步。

入学后的第一次社团招新，我终于加入了从"中二"时期就梦寐以求的动漫社，进了宣传部。入社后被分配的第一个任务，是为即将到来的活动画一张海报。和我一起在这个动漫社里的很多同学来自动画学院。传媒大学的动画学院，聚集着这个国家最优秀的一批美术生。我当时应该是鼓起了这辈子全部的勇气，才敢接下这个任务。我说服自己：哪怕画得很烂也没有关系，我是来学习的。后续的故事没有什么令人期待的废柴爽文反转——我夙兴夜寐地画了几天，结果可能是因为太过紧张，又或许是命运的手指轻巧地在我的键盘上按下了Ctrl+Shift+E，总之某一天我发现，文件里的所有图层都被合并了，而我注定无法在截止日期前交上作品。那时我还不明白"兴趣社团"到底是一种怎样的组织，在我心中，我犯下的过错不亚于在期末没交作业，应当被挂在人人网上通报批评。于是我战战兢兢地去找动漫社的师姐，一上来就是一通道歉，差点就痛哭流涕。师姐了解完情况，连忙笑着说放轻松，别紧张，没关系，不碍事。

几天后，我看到了那个活动的终版海报。人体、构图、光影，都漂亮得无可挑剔。而我的那张蹩脚的线稿，即使努力画完也无足轻重，的确是一点也没关系，一点也不碍事。我曾经竟然暗暗地期待着一种剧情：我努力交上了海报，发现我画得竟然没有那么差，或者，竟然和他们差不多一样好，这时候我会故作不好意思地谦虚一下，"哪有哪有，要学的还有很多"——但事实显然并非如此。我甚至十分庆幸我没有能把那张画画完。羞耻感击溃了我，于是我再也没有参加过社内活动。我曾经那么憧憬加入一个真正的动漫社，等那一天终于到来的时候，我却主动逃离了它。

我用很久才习惯了大学生活的基础逻辑：各凭本事，这里的"本事"不是我过去十八年学到的任何知识。它可以是会画画，或者会社交，或者特别会处理与老师之间的关系，总之不是语文数学英语物理地理生物历史中的任何一种。

上大学后的第一个期中，专业课老师讲完作业要求，在 PPT 上留了一行电子邮件地址就翩然而去。在中学时期，老师会追着我检查作业，学习委员会挨个收发卷子。而现在，没人催促我打开 Word 文档，更没有人在意我是否在截止日期之前交上了作业。就像一个恶作剧，一个人忽然把一坨什么东西往你怀里一塞就跑了，留下一句："你的人生现在归你了！"然后消失在街头。

没人能处理好这初来乍到的自由。我的大学生活就存在着两个矛盾的事实：一、我好像一直忙得喘不过气；二、我似乎又什么都没干。和小王在一起后，他得知我在北京十多年却从来没去过景山公园，感到十分诧异，毕竟景山公园离传媒大学只有四十分钟的地铁。朋友来北京旅游时，我也不知道任何一个"只有本地人知道的好吃馆子"。北京有这么多值得探索的地方，而大学的我似乎有穷无尽的周末，但当我回想大学生活的时候，我总是想到我窝在寝室的那张桌子面前，永无止尽地盯着电脑的屏幕。

你小时候做过那种关于蚂蚁的自然实验吗？课本会这么告诉你：蚂蚁是依靠气味寻路的动物，只要用樟脑球在地上画一个圈，蚂蚁就会被困在这个看不见的牢笼里。我从未做过这个实验，因为我总是忍不住想：那些被困住的蚂蚁最后会怎样呢？后来我知道了，蚂蚁们都在读大学。

上大一那年，我参加了学院里的一本学生杂志的制作，它挤占了我绝大多数的课余时间。在我十八岁时，"躺平"或"摆烂"这样的词还没出现，而我把交给我的所有任务，都当成自己不可推卸的神圣使命，燃烧着大学生廉价而过剩的精力。我们总是一起刷夜。"刷夜"这个词之所以能在大学生之间流行，我觉得是因为它比"熬夜"听起来多了一丝"刷怪"或"刷剧"的爽感。我在上班之后就再没听人说起过这个词了，通宵就是通宵，社畜已经不会再用这样充满激情的词描述一种剥夺睡眠的行为。我已经完全想不起为什么当时必须要通宵赶进度。对于一本学生杂志来说，我们没有客户埋单，也没有商业活动的"死线"要赶，平白无故熬夜的意义是什么呢？但对于当时的我们来说，刷夜就是一种并肩作战，甚至充满乐趣。某次刷夜结束之后，我拖着自己和电脑回寝室沉沉睡去，没接到师姐的电话。师姐很生气："刷夜第二天当然要继续干活啊，不然刷夜干活和白天干活不就没区别了吗？"作为成年人，我写下这句话的时候甚至笑了一下。但大学时的我是不会意识到其中的荒谬之处的，我当时为自己的不负责任而感到深深愧疚，并觉得师姐真不愧是师姐，一句话就点破了我的思想误区。

我在学生组织如此努力，是因为可以在期末时获得综合测评的加分，而这些活动加分和考试成绩一起构成了我们的专业排名，而专业排名又会最终决定你能否保研成功。我为了综测加分拼尽全力，寻找可能会带来加分的活动和比赛：院级的、校级的、市级的，正式的、野鸡的，有希望的、没希望的。比如每年全校的合唱比赛——我甚至根本不会唱歌，但班里成绩较好的同学都报名了，所以我也必须参加。我无法承受因此被别人甩掉二三十分。我要努力，我要赢——这是一种从做题岁月里沿袭来的思维惯性。所以我要成为第一，我要保研到北大，我要实现高考时的梦想。但我不知道自己为什么一定要赢，也不知道自己为什么一定要上北大。这些大问题对于大学生来说是致命的，不能细想，一想整个人就漏气了。痛苦许久之后，我找到了暂时的解决方案：别想。我像一只焦虑的狗熊，下决心要把沿途所有的玉米都抱在怀里。我什么都不敢放弃，却也觉得自己什么都没得到。

在大学时期的日记里，我总是以一种非常哀怨的语调说："我永远是朋友里最差的。"我没有钱，不能在校园歌手大赛唱深情的歌，不会使用单反相机，没有去过国外旅游，也说不好英语，在汉服社的话剧表演里永远是后排的伴舞。最重要的是，没有男生喜欢我。

最后一条现在看起来非常可笑，但在大学期间，这件事就是始终笼罩不散的一朵乌云，比 19 世纪末高悬于物理学之上的那两朵还要雄伟壮观。

在十年前，波伏瓦或上野千鹤子还没有成为女大学生的必读书目，年轻的男男女女走在路上都揣着同一个梦想：在大学里谈一场轰轰烈烈的恋爱。但大学只是把一大群年龄相仿的小傻瓜聚集在一起，这并不意味着遇到爱情的概率就必然会上升，尤其是在男女比例3:7的传媒大学。我和大学时几个亲近的朋友，每个人都有那么一个一直挂在嘴边的男生，不外乎以下几类：暗恋的师哥、似乎对自己有点意思的高中同学、高中毕业后琢磨起来忽然有点喜欢的高中同学、分分合合的前男友。在许多个深夜，你正窝在床上昏昏欲睡，一个女性朋友发来微信："你睡了吗？"此刻你就会精神抖擞，这意味着她要开始聊那个男孩了。故事有着类似的开头："他发来了一条有点暧昧的微信，到底是什么意思？"但每次听都是那么诱人。这是女大学生最喜欢的一种休闲娱乐：在深夜里互相分析、互相安慰，然后对话总以一声叹息结束。我们乐此不疲。

与其说我们有多么迷恋这些男孩，不如说

我们只是迷恋一种坠入爱河的感觉。当你很想谈一段恋爱时，比"暗恋的人不爱自己"这件事更让人难过的，是你根本找不到一个暗恋的人。所以我们需要这些男孩，他是谁甚至都不重要，但必须要有一个，以供我们在深夜里反复品读人人网动态和 QQ 空间、逐字分析聊天记录。我们咀嚼着这些爱情的边角料，就仿佛已然置身其中。

在大一大二之交，我为自己找到了一个暗恋的对象，他是一位高一级的师哥。我单方面展开了情节丰富的暗恋，而师哥也毫不意外地拒绝了我。我披着一条粉色的浴巾，发信息邀请我的好友林安琪来宿舍天台，观赏我涕泗横流。我含着恨意问林安琪："是不是因为我长得不好看？"作为一个善良的朋友，林安琪当即矢口否认："谁说的，你最可爱了。等我们瘦下来，买两件好看的衣服，就会好了。"而这两句话成为我们友谊的基石。多年后，林安琪不得不承认，她说这两句话的时候多少有一些违心。我当然也没有全信，因为我被人夸过太多次可爱了。"可爱"是一个多么美好的词，而我已经失去了对它的信任。人们对漂亮的女孩会直接夸赞美丽，但面对我时则会说可爱。在我身上，这个词已经变成了一种善意的委婉语。

我痛定思痛，试图分析自己单身的原因。二十岁的我想象自己像一件商品，主动地站在橱窗里，人们熙熙攘攘地经过我，却没有任何一个人为我停留。这只能说明我不够优秀，甚至抹杀了我的价值。我一定是哪里出了问题，而我必须要改掉这些问题才会有人爱我。在我二十岁人生的诸多问题中，"不漂亮"是最显眼的那个，那么它一定就是我单身的主要原因。我恨我的丑陋。

当一个女孩心中充满恨意，她就会突然充满行动力。我当即从床上弹射起身，去操场跑了十圈，第二天又跑了十圈，连续跑了半个月。结果就是我那学期在体育测评的 800 米中轻易拿了满分，但体重纹丝不动。多年以后，我终于能够负担得起一张健身房的年卡。我于是知道，一次成功的瘦身需要一个好的私教、干净均衡的饮食、健康的作息、几针司美格鲁肽，外加一点自律作为加分项，每一个条件（在时间和金钱的尺度上）都很昂贵。更重要的是，我的体重减五斤、减十斤、减二十斤，都不见得和恋爱有直接的关系。我真希望二十岁的我能知道这些，起码她就不会总是在饥饿和恨意中痛苦地入睡。

在减肥减到绝望的时候，我总会咬牙安慰自己"瘦下来就都好了"。但这句话其实十分苍白，我甚至没办法骗过自己，因为一个绝望的问题总会在此时冒头：万一我瘦下来之后仍然不好看呢？这显然不是去操场跑圈就能解决的了。我只能把愤怒抛向这个看脸的世界，每天在心里发出简·爱的著名呐喊："你以为，因为我穷、低微、不美、矮小，我就没有灵魂没有心吗？"我认真地因为没被挑选而黯然神伤。现在的我当然明白，爱情绝不是挑选或者被挑选，它是一件多么随机的事情。就像一辆公交车总也不来，你不能怪自己等车的姿态不够努力。有些事情——比如大学四年都没有恋爱可谈——只是单纯地、客观地发生，并不是因为哪里出了问题。但年轻的我不能接受世界的无常，我习惯于要一个说法。尤其是当我猛然发现，身边很多和我一样普通的男女大学生也纷纷脱单了，他们并没有惊人的美貌，也没有咄咄逼人的优秀，但他们就是找到了爱情。我又找不到说法了。

那一年，朋友圈开始流行匿名信箱：主人发布一条信息，朋友们可以匿名回复。这种开诚布公的场合，一定可以解决我的疑惑。

于是我诚心诚意地发问：你觉得为什么没人喜欢我？

一位匿名的男性朋友也诚心诚意地回答：成绩太好，不好驾驭。而且爱说脏话，一点儿不文静。

深深感动之余，我回复他：滚。

我何止是爱说脏话，我他妈太爱了。

我的手机上至今还保存着和林安琪从2016年至今的所有聊天。如果在我的微信中搜索某两个著名的短小精悍的脏字，可得我和林安琪有1751条记录，这一雄伟的数字还在与日俱增，断层领先我的所有微信联系人。我们从大学起始的友谊能够持续十余年，一个重要的基石就是一起骂所有我们看不顺眼的事，包括但不限于：给低分的老师、留太多作业的老师、不懂得欣赏我们才华的男人、不配合的采访对象、实习的甲方、在地铁上堵着门却不下车的人、学校、学生会、这个××的世界。

我仿佛总是在愤怒。这两年，"女大"在互联网上已经变成了一个略带贬义的词，常用来形容一种"姐妹们谁懂啊超出片的小馆子好吃得翘 jiojio"的矫饰生活。这个词总让我不以为然。我认为女大学生的时光和"岁月静好"这四个字可以说是毫无关系，那是成年人一厢情愿涂改青春记忆的结果。"女大"绝非软乎乎粉嫩嫩闪亮亮的一块糯米糍，这个词本应该是一种坚硬、多刺、微苦的质地。"女大"是举棋不定，横冲直撞，是"我见他人多蠢货，料他人见我应如是"，是一股永不止息的愤怒。

在从图书馆回寝室的路上，有时候我会突然被一股完形崩溃击中。就好像你盯着某个字看久了就会突然不认识它那样，在那个瞬间，我走过几百次的校园主路会突然变得很陌生，而我不知道自己怎么就到了这里，为什么会在北京。这种近乎失忆的奇怪感觉，只持续几秒钟就恢复如常，像是人声鼎沸的教室总会莫名其妙出现一两秒钟的寂静。类似的感觉后来也出现过，我在刚入职几个月的时候，背着电脑走在地铁站里，会突然有一种不真实感：我竟然在上班？我竟然在负责一个几百万的项目？我竟然在给一个国际知名的时尚杂志写文章？我竟然有了一个家庭？我竟然过上了一种成年人的独立生活？从大学入学那天开始算起，人生这块烫手山芋被塞到我手里至今也有十二年了。它仍然灼热，我仍然偶尔手足无措。

我也很想在临近结尾的这里写出一个反转，写写大学毕业后我如何克服这些困难，走向人生巅峰，达成人生的大和解，这样这个故事才能完整。就像在一场游戏的最后，主角打败了邪恶的魔王，夕阳落下，片尾曲响起，所有人都知道世界将永远和平。但真实的人生并非这样运转，不是所有的事情都有一个掷地有声的结尾。

不过，至少有几件事的结局是明确的：

后来，我当然知道了哪里有卖"年轻女孩穿的好看内裤"，不过我几年后便厌倦了那些花里胡哨又夹裆的蕾丝印花，又穿回了朴实无华却十分舒适的纯棉款。

工作后的周末，我和林安琪总是约在金宝街的一家星巴克见面，然后喝点什么再走。林安琪不仅学会了熟练地点咖啡，她现在去了蒙特利尔，每天还要熟练地用英法双语点咖啡。

曾经在深夜为爱情焦虑的女生逐渐都有了恋人，但没有一个是曾出现在女生宿舍夜聊里的名字。那些曾被我们挂在嘴边的男孩，在大学毕业之后很快失去了令人魂牵梦绕的魅力——而我也从科普书里读到，其实并不必担心樟脑圈里的蚂蚁，等到樟脑味儿淡去，它们就会重获自由。

我们的那本学生杂志叫《新闻视野》，它还有一句口号，叫"让我们离理想更近"。这本杂志也没有能离理想更近，创刊十二年后，也就是我们毕业的第三年后，它在 2019 年停刊了。某次，我偶尔和同行提起《新闻视野》，意外地发现很多人在学生时代就听说过这本杂志。在我们不知道的地方，它的名气似乎比我们想象的更大一些。

在写这篇文章的时候，我总觉得有点抱歉，因为感觉自己把大学生活写得太过苦闷。我去问那些曾经深夜一起聊男人的朋友：你们大学时最快乐的事是什么？她们的回答惊人地一致：想不起来了。她们坚称自己的大学也和我一样苦闷。但这种和她们说话的感觉，让我久违地想起毕业那天的一幅画面：

宿舍里的行李已经差不多都打包完毕，剩下一地不再需要的垃圾。我们默契地觉得有必要坐下来一诉衷肠，这就是我们对彼此的告别仪式。在打包盒的中间，在废纸的中间，我们胡乱用脚往旁边拨开一片空地，买几瓶啤酒和几盒鸭脖，就地围坐在一起。

——你记得辅导员给《新闻视野》买了一张气垫床吗？

——刷夜累了就在上面轮流睡觉。

——睡醒了半夜去吃烧烤。

——还有喝酒。

——那天某某过生日你记得吗？

——我们就坐在那张气垫床上。

——发微信骗他，他的稿子全被毙了。

——哈哈哈哈，他吓死了，赶紧打电话过来。

——结果一接电话我们就开始唱生日歌。

是的，是的，我们的大学绝非只有苦闷。那天晚上我们不停地讲着这样的故事，仿佛只要不停地讲，大学就不会结束。走廊上偶尔响起一阵行李箱拖过的声音，由远及近经过门口，又再次走远，我们也不去看是谁走了。我们一直讲，一直讲，直到每个人都再也没有话可以说。

第六章

背带裤与香奈儿

"我没能变时尚，只学会了不出错。"

在签劳动合同的时候，我才意识到自己即将在一家时尚杂志社工作。

更准确地说，我的第一份工作是在《GQ》杂志的新媒体部门，给杂志旗下的"GQ 实验室"公众号写文章。在我还是学生的时候，这个公众号就名声在外，所以一开始我只是天真地以为我即将成为一名新媒体编辑。当我看到劳动合同的信纸抬头写着"康泰纳仕"，我有一秒钟觉得自己是不是被诈骗了，因为这四个字我从未听过。我抱着怀疑的心百度了一下这个名字，才知道我即将入职多么声名显赫的传媒集团。电影《穿普拉达的女王》就是基于康泰纳仕的故事拍摄的，我对于时尚圈的全部理解就来自这部电影。我也像电影刚开场的安妮·海瑟薇一样，从一家有名的新闻学院毕业，误打误撞地来到这里，而且又土又骄傲。

入职第一天，我像往常一样出门。这个"像往常一样"，指的是像我之前在学校上课的每个日子一样。我穿着牛仔背带裤，里面套着优衣库的 T 恤，扎马尾辫，背着我之前用来上课的双肩包，里面是我从大二用到研二的戴尔笔记本电脑。我之所以记得这么清楚，是因为那天出门前我对这套青春洋溢的搭配非常满意，激情自拍了好几张。

事情是从进了写字楼之后开始变得不对劲的。

如果你乘坐地铁一号线来到大望路，A 口出，你会先经过一个贴满奢侈品海报的狭长走廊。这里的广告经常换，但上面商品的单价从不低于一万元。然后经过一道玻璃门，你进入了北京市最奢侈的 SKP 商场。空气的味道骤然变得高级起来，那是一种在大学城商场里绝不会闻到的熏香。它无孔不入地提醒我：你没有喷香水。在此前的人生里，我并没有出门前喷香水的习惯，但直到踏进 SKP，我忽然无师自通："香味的缺席"是一个问题。右拐，上电梯，我们的办公室就在 SKP 旁边的华贸写字楼，北京地租最贵的几栋"楼王"之一（一般来说，入职的第一天总会有贴心的同事这么向你介绍），而前台甚至是一个金发碧眼的德国女人，她用语调奇怪但十分流利的中文帮我开了门。我乘电梯向上，公司的自动玻璃门打开。

　　起先，这一切在视觉上都很温和。办公室就是普通的格子间，没有什么太时尚的元素，相比于之前实习过的互联网大厂，甚至有些狭窄朴实。但不妙的感觉像咖啡洇过纸巾那样，开始从四面八方洇过来。入职手续办完已经是中午，我吃完饭坐在工位上，中午一点的办公室空无一人。等到两点多，办公室才开始零星出现个位数的人，于是我听到的第一句话来自后排的两位同事："Prada 的新款你有看到吗？好、丑、啊！""就是说，不过 GUCCI 的那款鞋我倒是有一双。"我从没想过这样像《小时代》的对话会真实出现在我的生活里，而且更恐怖的是，他们的语气听上去好像确实能买得起。

　　三点了，我终于收到了第一条工作微信，

老板让我旁听一个稿件的头脑风暴会。我坐下之后，发现今天的主题是"中产"。那是2018年，中产文学还没有在小红书上大行其道，而"中产"这个词在我当时的认知里只是一个社会学概念。我认真地想：世界上真有这么多中产吗？会有人关心中产的生活吗？反正我不关心。他们聊到了中产的购物心态，聊哪些人会买爱马仕的沙发靠枕。我鼓起勇气贡献了一个从互联网上刷到的观察："或许可以写写打折季呢？买了打折的东西，却不想让人看出是打折货，这个心态还挺微妙的。"同事首先肯定了这个视角很有意思，但也善意地提醒我："爱马仕一般不打折的。"

　　大家拿出电脑开始分别写稿，我也拿出了我的。从这里，我的不合时宜才真正进入可视化的阶段。大家看着我给六岁高龄的戴尔笔记本连上无线鼠标、插上电源线（三插头，线上还有一个笨重的变压器黑盒子），然后安静的会议室里响起了一阵散热风扇声。我才注意到其他人手中的电脑都是薄薄的苹果笔记本，在去会议室的路上可以像一本杂志一样轻巧地抱在臂弯中。于是，更多的细节开始生长出它的倒刺：他们的手边都摆着一杯咖啡，以及这个办公室没人背双肩书包。

工作第一年，我扔掉了双肩包、背带裤和老旧笔记本，并且总会随身带着一支香水的 10ml 分装。我咬牙买了人生中的第一台 MacBook Pro，价值一万五，借了小王一些钱，还用了银行的分期。我曾因为这一万五的花费哭过一场，因为我从来没有过如此昂贵的单笔消费。我用一个星期才习惯了苹果电脑的操作系统。每当我笨拙地适应触控板、寻找 command 键，以及习惯性地在右上角找关闭窗口的"×"时，我都会有点恼火地想到：这个月还要因此偿还一千多块钱的贷款。还有那个傻傻的书包，铁定也是不能再背了。当然了，当时奢侈品包还没有大举入侵我的世界，于是我在淘宝买了一个没有任何 LOGO、花纹、设计的黑色皮质手提袋。与之相配地，我去优衣库购置了一批基础款衬衫和西裤，这样看起来就是一个相当无聊的职场人了——虽然相当无聊，但至少看起来像在上班。当一个人开始对自己的审美不自信却又不知道怎样才对的时候，她会把自己身上的花纹全部抹除，并宣称自己开始爱上基础款。

实际上这个改头换面的决定非常正确。几个月后，我积累了一些时尚知识，才后知后觉地发现，当初促使我买下那个双肩书包的决定性因素——那个书包上的酷炫印花，其实是某个欧美潮牌的山寨。而我学生时期自以为十分时髦的那些快时尚单品，几乎全都是当季甚至上一季大牌的抄袭款，当然也是再也穿不出去了。我特别怕在办公室听到的话是："这件衣服很美！是某某品牌的那件吗？"我就知道我又因为自己匮乏的时尚知识而买到打版货了，而我衣柜里能穿的衣服又少了一件。

有一个术语叫"知识的诅咒"，意思就是当你知道了一件事之后，就很难回到不知道它的状态了。我熟悉的时尚设计越多，我能购买的平价衣服就越少。有时候我在淘宝刷到一双鞋，版型考究，质量也不错，价格也合适，但我偏偏知道它抄袭了某大牌的经典款。那一刻我多么希望自己还是那个无知的女大学生，至少我此刻已经买到了一双满意的鞋。

　　苹果电脑、咖啡、一到两枚较为显眼的LOGO或经典款——这是刚入行的我总结出的上班 dress code。"dress code"这个词，直接翻译应该叫"着装规范"，但它又比着装规范更多了一层审美趣味。用我习惯的比喻来说，它并不像是"上课必须穿校服，体育课必须穿运动鞋"这样的明文规定，而更像是"文体不限，诗歌除外"这样模糊的要求。Dress code 是另一种考题，而衣品则是一种穿在身上的成绩单，你需要在每天上班之前拉开衣柜门久久端详，从里面找出符合答案的拼图。

　　学习穿衣是一个小心翼翼的过程，而比不会打扮更悲哀的是"一个不会打扮的人突然开始用力过猛"。嘲笑别人的衣品是一件很容易的事情，因为总会有话可说：太激进，或者太无聊；颜色太低沉，或者颜色太鲜艳；没有一件奢侈品，或者一件奢侈品反复穿很多次。但讽刺的是，如果有人经常嘲笑别人的衣品、明星的穿着、大片的拍摄，用近乎武断的语气和没来由的刻薄，那么他们反而会树立一种权威，并被大家奉为圭臬。幸好，这样的人都忙着在互联网当时尚博主，而 GQ 的同事十分友好且可爱，办公室并没有像我想象中那样充满恐怖的点评。某次因为要参加一场活动，我免不了去向时装组同事请教穿什么合适。此时我已经知道，他就是我入职第一天时就用 GUCCI 和 Prada 对话震撼我的人，但后来他也用他温柔的性格，消除了我对时尚的很多恐惧，我很感谢他。那位好心的同事丢给了我很多链接供我选择。而当我在两件单品之间犹豫不定时，他会温柔且耐心地说："都可以，看你喜欢什么风格。"

我喜欢什么！他对我审美的尊重让我慌乱。我可不敢喜欢什么风格，我怕我真心喜欢的反而是不时尚的错误答案。我一直在心里隐约抗拒时尚恐怕也有这个原因："穿衣服"这件事看起来浅薄，但只要你开始认真思考这件事，就总要触及那个问题：我是谁，想成为什么样的人？人们常说穿衣服是一种自我表达，那么我好像从来没有什么值得表达的自我。更可怕的是，万一，万一我的自我就是老土呢？我对于文身和打唇钉这种叛逆行为毫无兴趣，我也并不想把头发漂成蓝色（真的太麻烦了），更不想把自己塞进一套巴掌大的辣妹装或者瑜伽裤里。我懒得化妆出门，甚至无法从购物中获得愉悦。我的"自我"是如此无聊，如此不时尚，仿佛一生下来就是一个喜欢穿宽大T恤的中年人。

我只能像幼儿学语一样重新开始学习时尚。当然，这件事我直到今天都不能说自己十分擅长，这导致我每每说到"我在时尚杂志工作"时都会有点心虚。不过对于我们小镇做题家来说，只要一件事还能够被学习，我们就至少不会做得很差，至少，我们会在错误答案之中进步。

我一直很羞于承认，我上学时曾经买过某个轻奢品牌的戴妃包，假的。那个轻奢品牌在我的大学时代曾风靡一时，在二十出头的女大学生的世界里，就是品位的代表。而我也产生了一个时尚梦想：等我有钱了，我要把我的假包换成真的。来到GQ之后，我确实很快符合了"等我有钱了"这个前提，但同时也知道了一个令人难过的行业潜规则：轻奢并不能被算作一种时尚。对于年轻白领来说，大品牌的经典款，或朴素且有审美的帆布包，这个标尺的两端都有机会成为时尚的正确答案，唯独处于中间的轻奢不是。于是我的戴妃包之梦，还没被实现就已经过期。取而代之的是，在我工作的第一年，这个戴妃包之梦直接超进化了——我拥有了第一个LV。

那是一个LV neverfull。即使你是完全不熟悉奢侈品的门外汉，我相信你也至少见过它几次——要么是在北上广地铁里的白领身上，要么是在老家的皮具一条街门口挂着——棕底黄色花纹，倒梯形，很大的包身搭配两根很细的提手。这款包被众多女孩选为奢侈品入门款的原因在于同样价位的大牌手提包里，只有它能轻易装下电脑。决定买它的那一天，是我工作后的第一个除夕。在麻将和鞭炮声里，我钻回我读书时睡的那间卧室，在MacBook Pro上打开网页，几乎是无痛地迅速下了订单。当时的心情已经不可考，但很好推测：我是一个荣归故里的时尚杂志编辑，而我的虚荣需要一些佐证。在北京的我或许没有那么需要它，但那一刻在河南的我一定需要它。下订单的那几秒钟里，它为我张开了一个结界，把我和这座河南三线小城隔绝，让我重新被大望路拥抱了一下。

几周后，LV 漂洋过海来到我手里，我从一个巨大得有些没必要的橙黄色盒子里把它捧了出来。背出门时有一种刻意而为的大度：我会故意把它豪迈地扔在共享单车的车筐里，或者是地铁安检的传送带上，表现得好像丝毫不在意会弄脏或磨损它。我不知道在演给谁看，总之希望对那些不存在的观众传达出一个信息：这个 LV 只是我生活里不值一提的组成部分。不过后来，我也从同事那里学到了一个知识：我花费一万多元买的这只 LV neverfull，材质并不是牛皮或羊皮，本质上是一种帆布，因此算是奢侈品里最结实耐磨的那一款。我故意表演的豪迈是多余的，因为并不用担心它会像娇贵的小羊皮或者 box 皮一样磨损。随之而来的还有另外两条知识：一、如果需要买一款真正的 LV 皮包，那么价格会陡然跃升至

137

三四万元。二、同等价格的包并不是越大越好。背一个大包行走在晚宴上，约等于向所有人宣告"我是需要随时打开电脑工作的苦命工作人员，而不是拿了邀请函来喝香槟的人"。而那些真正的贵客只需要拿一只手包，比手机略大，饰以一枚小巧 LOGO，里面没有签到表也没有电脑，只有一张宴会厅楼上五星级酒店的房卡。

现在已经没有任何一个品牌愚蠢到试图定义美丽了，当今时尚界流行的话术是鼓励审美自由，因为每个人有自己的美丽。但关于什么是"美"，他们自有一套说法。比如，我们常常见到那种简单到敷衍的单品，通常是一个平平无奇的包或者 T 恤，印上一个 LOGO，就卖出很贵的价格。对此，一个很常见的提问是："这很普通啊，去掉 LOGO 它还好看吗？"但正如我们不能问一个厨师"这道菜不放盐还好吃吗"，LOGO 本身就是它审美价值不可分割的一部分。在更多的时候，LOGO 就是美本身。

真的很抱歉，这也是我工作的一部分。我

蛰伏在汹涌的消费主义浪潮之下，是一只微不足道的招潮蟹。

我不能说我没被影响。很多女性都会经历一个审美的转折点：起先，她们完全无法欣赏香奈儿的菱格链条包或 LV 的老花托特手提袋，它们看起来死气沉沉，老气横秋。买包是愚蠢女人才会踏入的陷阱，甚至就连读出"包包"这个亲昵的叠词都会让她们感到尴尬。但到了某个年纪，或许是什么都没发生的普通一天，就像她们突然开始爱上粉色或者突然习惯于喝不加糖奶的冰美式那样自然，那些奢侈品的经典包型突然变得顺眼起来。"你需要一个包"，不知道是哪里来的恶魔——或许穿着普拉达——就在你大脑皮层的褶皱里埋下了一颗这样的种子。你开始翻淘宝找代购，或许仍然不会购买，但种子已经扎下了根，不论你怎么看那些反消费主义的说教也无法拔除。于是你迟早会试图买一款包来犒劳自己，而买了一个之后，你几乎一定需要第二个来换着背。（你也不想被同事认为是"只买得起一个包的贫穷白领"吧？）

于是在工作的第二年，我拥有了一只香奈儿 Classic Flap（以下我会像懂行的人一样简写为 CF）。那一年我们去日本团建，我和同事在京都街头的中古奢侈品店里看到了它。经典黑金配色，意味着它很保值。小羊皮菱格纹，意味着它很娇贵。价格折合人民币是一万六，意味着性价比很高，毕竟当年买一只全新 CF 需要三四万。背上身之后当然很合适，怎么会有不适合 CF 的人呢？于是在同事和店员的夸赞声中，我买下了它。

也是在拥有这只 CF 之后我才知道，每一只香奈儿包都带有一张身份卡，卡片上的编号说明它的出生年份和尊贵血统。根据这只 CF 的身份证号，它诞生于 1989—1991 年，比我还要年长几岁，我却天天带着它坐地铁。而我再也不敢像对待 LV 一样故作豪迈地把它扔在安检机上：CF 的小羊皮像春风吹过指缝一般柔软，同时也是字面意义上的吹弹可破。拿到它的第二天，我立即理解了它背面那些若隐若现的弯弧痕迹是怎么来的：如果你不慎用指尖而不是指腹拿起它，就很可能在上面留下一个不可恢复的指甲印。这些指甲印总让我有一个怪异的联想：一位考古人员曾在某个兵马俑的唇边发现一枚指纹，它来自两千多年前的一位工匠，而他或许就曾像此刻的我们一样站在这尊兵马俑的面前。而那些指甲印也总让我无端幻想一位出生于昭和时期的美人，在泡沫鼎盛的繁华霓虹中，拎着这只 CF 走过银座和池袋的街头。这只香奈儿或许曾被珍藏在 20 世纪90 年代的衣帽间里，却在 2019 年不幸被我这样一位偶然路过京都的游客带到了北京市昌平区，从此终日游荡在灰扑扑的十三号线上，每天吭当吭当通勤两个多小时。可以想见，它这辈子或许都没受过这种委屈。

　　不过这只 CF 让我看上去多少又更体面了一些，至少可以在一些重要活动上看起来不那么像背着电脑的工作人员了。我曾经天真地以为这只中古 CF 包能够混迹于各种新款香奈儿之间，毕竟在我看来它们的颜色、包型、材质都十分相似。但同事很快告诉我，懂行的人仍能够一眼看出我背的是一只中古款，而且是十分古老的中古款——近年来的香奈儿菱格纹里面有鼓胀的填充，让包型看起来更为饱满，而20世纪90年代的中古香奈儿表面的菱格纹则是扁平的，品牌的设计师们就靠不断推出这些细微的差别来区分"新款"和"旧款"。不过好在它仍然是一只美丽的背包，而人们也愿意看在香奈儿LOGO的面子上原谅它的年事已高。

也是在这段时间，我莫名陷入了一种对于LOGO的敏感期，主要表现为在路上看到周围人身上的LOGO总会忍不住多瞅两眼，然后在心里暗暗掐算一个价格。也是在这种时候，我开始迷恋给自己买戒指。我说服自己："等待男人买戒指送给女人是多么不酷的一种行为，而自己买戒指是一种自我赋权。"我把这句话写在这里并不是认为它很有道理，而是想向各位展示一个事实：一个人足够想要某样贵价商品的时候，就会忍不住给自己上价值。而抛开这冠冕堂皇的说辞，我给自己买戒指的真实原因其实很简单：戒指是最便于展示的一种LOGO。包或者衣服必须勤加更换才够得体，戒指却可以戴上好几年不摘，还不会让人觉得奇怪。

或许从灵长类开始编织第一条草叶裙的时候，人就习惯于借由外表辨认自己的同类了。我有一位同事，半年完成了减重 60 斤的壮举，勇做自己的女娲。我们问他：瘦下来之后的世界有什么不一样吗？他说，最残酷的改变是，能明显感受到那些时髦精同行开始把他当自己人了。我很敬佩他，我也理解他：他是一个情绪异常稳定的人，减肥的动机显然并不是身材焦虑，而是一种微妙的工作需要。在一个教大家如何接近美的行业里，自身的形象往往被认为是一种工作能力的外显，而这也是我为什么需要那些奢侈的背包和配饰：这是一种解释成本最小的自我介绍。在时尚人士聚集的活动里，奢侈品就像一枚识别码。和不认识的朋友见面时，我时常能感受到对方的眼神轻快地上下一扫，像超市里的扫描枪，我几乎能听到他们脑子里响起哔哔哔哔的检测音，迅速地锁定我身上几个奢侈品的锚点。如果那天我恰好既没有背包，也忘记戴戒指，我就会觉得自己正在大望路裸奔。

而我也和那些 LOGO 建立起了熟悉而良

好的关系。我总喜欢在候机的时候钻进免税店，在货架之间漫无目的地徜徉。其实我并不是想买什么，而是用目光检阅一个个熟悉的品牌名称，在头脑中进行一场时尚储备的虚拟阅兵，并以此获得满足——接下来向我们走来的是LVMH方队，旗下品牌有LV（我们曾于某年某日为其撰写头条）、迪奥（我们曾于某年某日为其撰写软文）、宝格丽（我们曾于某年某日为其拍摄视频）、蒂芙尼（我们曾于某年某日为其策划七夕活动）……我的努力工作也获得了一些回报。在熟读了很多份客户发来的工作PPT后，我发现自己有时比商场里的柜姐还要了解新品的设计理念。在朋友中，我突然就成了那个较懂时尚的圈内人，因此偶尔就能装个大的。有次我和一个大学好友见面，她毕业后辗转成为一名时尚博主。她说自己最近接到了一单拍摄，要去专柜试戴一只20万元的表。我几乎是下意识地回问："宝珀？"我恰好猜对了。这成功地让她被我的专业震惊，但这与我一块表也买不起的事实并不矛盾。

在入职的第一天，我曾经在日记里郑重地

警告自己：千万不要变成被消费主义洗脑的浅薄女人。我以为我只要保持贫穷，就能气定神闲，把工作和自我全然剥离开。但大望路就像卡尔维诺笔下的欲望之城阿纳斯塔西亚，每个旅人起初都以为自己只是路过，直到这座城市唤起的欲望把他包围。"你若是每天八小时切割玛瑙、石华和绿玉髓，你的辛苦就会为欲望塑造出形态，而你的欲望也会为你的劳动塑造出形态；你以为自己在享受整个阿纳斯塔西亚，其实你只不过是她的奴隶。"

在我发现自己总是有意无意地展露自己的奢侈品知识时，我开始对自己警惕。作为一个工薪家庭长大的小镇女孩，我总怀有一种读书人贫穷的清高。高消费是不对的，而为了奢侈品去高消费则是错上加错。我对自己的期望并不是像《小时代》系列的主角那样对奢侈品如数家珍，我总觉得理想中的自己应该更有深度一些。这两年时尚圈又在流行"知识分子风"，色调冷淡的大衣、简洁的衬衫和西裤、黑框眼镜，看起来就像是20世纪30年代会坐在花神咖啡馆里谈论哲学的女人。每次我看到这种穿搭视频，就会对那几百个点赞的用户恨铁不成钢：这个教你变成知识分子的人根本分不清"的地得"啊。

但我回到濮阳时，又会感到另一种丧气。小城的报刊亭买不到《GQ》，地下步行街里充斥着仿冒的"LU"和"LW"。最气人的是，我从官网订购的、从巴黎远渡重洋而来的LV包，混迹在小城商场乱七八糟的假货中，不仅看不出尊贵，甚至看起来很像它们中的一员。在北京时，我是背着LV的体面白领。而回到小城，没有人认识什么LV的老花，这只是包具店里随处可见的土气花纹。和我背着相似款的，只有超市里满头烫着羊毛卷的大婶。

我是一个骑在墙上的人，我流窜于小镇和名利场之间。当我在名利场时，我是一个冷眼穷人，这些故作体面的人造景观让我疲惫。当我在小镇时，我又不禁为我在名利场学到的东西沾沾自喜，想要把先进的时尚知识播撒在朴素的河南大地。妈妈说，她同事在奥特莱斯买了一个轻奢品牌的包。在我们小城市人的心里，奥特莱斯是一个高级的去处，于是她的同事每天把包背来单位炫耀。我几乎是当场笑出声来，刻意地把香奈儿的包带往肩上提了提，并借机向我妈展露一些我学到的时尚知识：对于那些真正懂时尚的人来说，奥莱款是可以一眼看出来的——既不属于品牌当季的新款，也不是长青的经典款，审美上也很陈旧。花打折的钱在奥特莱斯买个LOGO，不仅不会看起来很富贵，反而会适得其反。

当然，高级之上还有高级，上流之上仍是上流，我那点可怜的时尚库存显然不足以应对所有场合。我仍然记得有一次参加品牌活动时，看到邀请函上赫然写着"Dress code：Black tie"时我几乎惊恐发作。搜索引擎会告诉你：Black tie字面意义是"黑领结"，在这里是指一类十分正式的宴会着装，男士需要在西装内穿一层马甲，并戴上领结。但如果你信以为真，穿了笔挺的西服马甲出席，到了现场就会尴尬得原地去世，因为你大概率会和当晚端着香槟的侍应生撞衫。工作五年后，现在的我已经摸

索出了自己的一套通关方式：一条版型合适的
小黑裙，配上珍珠或合金的显眼耳饰（再次友
情提醒：避开很有可能致敬经典的"淘宝独立
设计师款"），即可应付大多数这样的场合。黑
色的裙子让材质变得不那么显眼，因此就算买
了稍微便宜的料子也没关系，而耳饰则是一种
时尚完成度的免责声明：不论这一身在对方眼
中的结果如何，它都已经是我用心打扮的结果
了。如果按照这套方法出席，你绝不会像素人
改造节目一样华丽大变身，相反，你会泯然众
人，消失在一百条大同小异的小黑裙中。但我
的朋友，你还在期待什么呢，你难道还期待在
这种场合里翩然旋至舞台中央成为所有人的视
线焦点然后遇到白马王子并谱写一段佳话吗？
相信我，不被注意到意味着你没有出错，而不
出错，就是我们基层员工在这种场合能取得的最
好结果。

　　体面的时尚，通过不断否认"错"的东西
而诞生，这是一场在审美场的跑马圈地运动。
我被圈得毫无立锥之地，只能在"错"与"错"
之间踮脚横跳，艰难地寻找一个立足的缝隙。

工作第二年，我和一位新入职的同事来到片场，同样在这里的还有本次拍摄的甲方和艺人，阵仗很大。同事很重视，因为明显能看出他为此认真打扮过，但同时这种用力的痕迹更让人为他感到一丝难过：像我入职那天一样，他穿了一条颜色过于鲜亮的背带裤。（老天，为什么我们这些时尚门外汉想要打扮一下的时候，总是会不约而同地想到背带裤这种悲哀的错误答案？）在客户和明星面前，这样穿显然有一些过于惹眼了，于是有人私下提醒了他。第二天我们再见面时，他在改正的路上走了太远，换了一件浆得硬挺的白衬衫，远远望去白得鹤立鸡群，白得手足无措。我很理解他：他被突然塞进了一场考试，并且完全不知道解法，而其他人不仅了然于胸，而且似乎已经提前对好答案。

　　而那时的我已经能够以一个前辈的身份跟他说：买一件质量好一点的纯色 T 恤，总是一种不会出错的选择。

工作第三年，我和小王开始认真考虑在北京买房子。

　　那天晚上我们赶到房产中介，卖家是一家子看起来很松弛的北京人。他们身上没有任何一个LOGO，却有很多房子散落在全城。要敲定价格的时候，我们开始为了三万块钱争论起来，双方都毫不退让。中介不得不让我们隔在两个屋子里冷静，分别劝说。那时已经将近半夜十二点，我坐在桌子旁困得灵魂出窍，感觉整个人从身躯里飘出来，像一个监控摄像头俯视着全场。镜头推进，推进，一直聚焦在我的手上。我的食指戴着一枚卡地亚，中指戴着一枚蒂芙尼，它们加起来恰好是差不多三万块钱。我想，如果我没有买这两枚戒指，现在本可以睡觉的。

　　后来，因为在时尚行业工作得身心俱疲，我短暂辞职了一年。在不上班的日子里，我摘掉了不离手的戒指，甚至用不着背包，常常兜里揣个手机就可以出门了。离开大望路后，我有一种走出洞穴的感觉：在那柏拉图的洞穴里，我们终日面对着墙壁，火光在眼前投下影影绰绰的兰蔻、迪奥、爱马仕、香奈儿，我们就以为这是世界关注的焦点。而在回龙观，这里阳光普照，没人在意别人穿什么，沿街走 200 米都不会看到一家轻食店。奢侈品仍然在推出琳琅满目的新款，只是这一切已经和我毫无关系——我不再需要它们了。

我土得通体舒畅，一度真的以为就此和时尚永别了。

那年春节，我们拥有了新房。刚花了一大笔钱装修，小王赶上了公司大裁员，又因为生病进了医院。全家的收入忽然消失，手头的现金流完全断裂，我忽然没来由地想起了曾经在大望路的日子。如果你也有过家里蹲的经历，你会发现自己很快就会淡忘工作的痛苦，反而会偶尔念起工作的好来。那个时候我想起的不是明星红毯也不是晚宴华服，我想起了自己端着一杯 38 元的星巴克走在写字楼里的样子——那时候甚至没意识到星巴克原来这么贵。

某一天，我打开了衣柜，取出了我从京都买回来的那个香奈儿，把它放在一个奢侈品二手交易网站寄卖。我以为我早已视香奈儿为身外之物，没想到还是结结实实地难过了一把。最唏嘘的不是寄走它的时刻，而是看到我的CF被清理、挂上人台、在纯白的背景里拍照。它看上去仍然优雅如银座美人，仿佛从未属于过我。这个当初价值一万六的小包，乘着香奈儿全线涨价的东风，以两万七的价格重新上架，而如今的我已无法再买得起它了。二手市场没有给我太多缅怀的时间，链接挂出去仅仅两天，它就被人拍下，堪称热门。扣除手续费后，我收到了将近两万一，而这成为我当时手里仅有的一笔现金，帮助我度过了最艰难的日子，这仿佛是一个对仗工整的寓言故事。于是不久后，我又回到了时尚杂志。

时至今日，我仍然不知道如何评价我与时尚的关系。我不得不学习它的规则，模仿它的样貌，同时从未真正接受过它的逻辑，这曾让我痛苦到不得不离职。同时，从它这里学到的知识又让我感到虚荣、满足，并切实得到了许多好处。而此刻，我又端着咖啡走在写字楼里。我的人生并没有像甄嬛回宫一样拥有戏剧性的反转，生活以极大的弹性又恢复了往常的样子：

我的小红书首页又挤满了各大品牌的当季新品，它们又在一夜之间充满吸引力，而我很快又拥有了一只新的 Prada。我拎着新包出现在办公室的第一天，就毫不意外地被同事一眼认出："Prada 的新款吗？好美！"

那一刻我知道，我又回到了大望路。

第七章

绿葡萄与商务舱

"见过这最好的一切,我仍然不入流。"

在一个梅雨季，我拉着行李落地浦东。

我们文字编辑极少参与现场摄制，那也是我第一次参与大型外景拍摄。地点在郊区的某个马场，有大片大片的草坪。刚下过雨，草坪绿得让人想打滚，但其实一脚踩下去都是泥水。大家的爱马仕凉鞋泡在水里，勃肯鞋泡在水里。艺人当天穿了一双白色板鞋，于是拍摄每个镜头的间隙，造型师都会立刻赶去擦鞋，保证镜头里的一切都美得没有死角。而在镜头外，大家刚刚对这糟糕的路况面露不悦，场务就贴心地递上了塑料鞋套。

场务是拍摄现场的一个工种，大部分是一些沉默寡言、手脚麻利的大哥，主要任务是保证拍摄顺利进行。当现场有艺人明星的时候，场务又多了一项隐形任务：奉上贴心的服务，让现场所有人以一种较为开心的状态完成工作。拍摄现场有一条隐形的食物链：艺人＞客户＞编辑＞导演团队＞场务。到达现场的顺序则是相反，艺人会比场务晚到五六个小时。按照那天的日程来推算，场务人员应该是早晨六点左右到达了拍摄地点，而马场离市中心需要一两个小时的车程。

那天拍摄的是一支商业视频，客户出手阔绰，艺人小有名气，我们严阵以待，场务无微不至。马场的条件比较简陋，没有体面一些的地方作为休息室，于是场务准备了一辆房车作为艺人的私人空间。他们甚至开来了一辆发电车，黑粗的电线像蛛网一样，以车为中心向周围辐射，点亮了拍摄用的大灯，也拯救了我们所有人的手机电量。在那个蒸笼一样的晦暗天气里，场务大哥们贴心地准备了果切，有新鲜的夏黑葡萄和阳光玫瑰，还有一个场务兄弟在旁边源源不断地切着无籽西瓜。自由拿取的小袋零食随处可得，保温箱里盛满冰水，零糖汽水冰镇在里面。现场甚至还有一台咖啡机，随时打出新鲜的冰美式，大哥们就端着食物和饮料满场分发。在场务面前，我们编辑也从服务方变成了被服务方。只要你靠近到 5 米以内，他们就像一个感应水龙头一样捕捉到了你，殷勤地问："老师您需要什么？"

他们没有冰咖啡喝，却给我们这些围观人员搬来了两台空调扇，这简直救了命。我坐在旁边的遮阳棚里写稿，但插线板好像出了点问题，空调扇不转了。我本来想忍忍算了，但闷热的低气压让我几乎无法呼吸，只好去麻烦他们。一位场务大哥爽快地响应，两分钟后就拿来了备用的排插。他蹲下身子的时候，鼻子上的一滴汗砸在地上。我很不适应有人服务，他们的热情会让我觉得自己给他们惹了麻烦。风扇又转了起来。我在聊胜于无的热风中，拣盘子里最新鲜的阳光玫瑰吃，那些莹绿的葡萄个个圆润又硬挺。阿米亥在诗里写塔玛尔有如葡萄一般"圆圆的、绿绿的大笑"，这个比喻已经荒诞得很有趣，但更荒诞的是，那天我每吃一颗葡萄都会没来由地想到这句诗。

现场有很多人，但只有我一个人在偷吃果

切。片场工作人员的人数，有时并不与工作量成正比，而是与项目的重要程度成正比。项目越大，涉及的各方人员越多，而参与的所有人都有义务来现场看一眼。真正需要在拍摄现场干活的人只有一小撮，剩下大部分的时间就是在等。你会频繁在片场听到一句话："现在咱们是在等什么呢？"要等的东西很多：等待艺人化妆，等待艺人顺便录 Vlog，等待艺人换衣服，等待灯光调整，等待场景布置，等待一个迟到已久的戈多。而在等待的过程中，即使是围观的人也不好意思把百无聊赖挂在脸上，其他人都显得很忙，神色凝重地盯着手机，或是打一个不一定非要在此时接入的电话。于是我也眉头紧锁地开始刷微博。为了显示自己真的很忙，我刷得飞快。这样过了几个小时，我可能是入戏了，竟然真的感到十分疲惫。一场拍摄就是这样，光是坐在这里百无聊赖，就会精疲力竭。

场务兄弟在此时适时出现，这次端出来的东西竟然是拳头大小的精美汉堡。圆面包烤得鼓胀油亮，拿牙签固定，上面插着装饰用的小旗。带头的大哥情商极高，热情地说："这本来

160

是拍摄用的道具，但多做了一些，随便吃，管够。"大家的精神为之一振，毕竟吃一个漂亮的汉堡总是让人快乐。我嚼着里面的黄瓜片，才意识到这些汉堡道具是干什么用的：今天这支片子是要拍艺人在草坪上野餐。我反正是绝对不会在这里野餐的：草地满是泥泞，气温让人绝望，想要上个厕所都要跋涉几百米。用作装饰道具的氛围灯确实很美，但飞虫叮叮叮地撞击着玻璃灯泡。几盏补光灯把草坪周围烤得更湿热了，像浇了一瓢水的桑拿房。艺人们就坐在临时搭起的天幕帐篷下假装野餐，盘子里装着场务兄弟们做得最漂亮的几个圆汉堡。在取景框里，这一切都松弛极了，但只要镜头稍微往旁边歪一点，就会拍到环绕一周的反光板，它们把主角的皮肤照出无瑕的样子。

我坐在遮阳棚里远远地看着，偶尔在电脑上装模作样地敲两行字。旁边的同事突然"哎呀"了一声，凳子腿中间钻出来一只瘦弱的狸花猫，脑袋往我的鞋上一蹭就顺势躺倒了。因为太乖了，小猫从拍摄的人群里一路穿过来，脑门已经被摸得油亮亮的。同事说这是马场的猫，它走路很欢实，但前腿以一种不自然的角度弯曲着，大家猜是不是被马踩骨折了，又遇到了一个糟糕的兽医。这时候，艺人完成了一组拍摄，大家纷纷夸赞"好帅"。狸花猫理解不了周围突然出现的骚动，于是又迅捷地消失了。我没什么心思看帅哥，总想着把午餐盒饭里的鸡腿留给它，毕竟我和它心有戚戚：我们都和这场拍摄毫无关系。

但小猫再也没有出现。

虽然好像一直在吐槽时尚杂志，但我必须要严肃声明：大部分时候我还是很爱这份工作的，我有着全北京最有趣和最幽默的同事，就算是愁眉苦脸地坐在会议室里两小时后，他们也能笑出来。我在这里感到自如，有时会忘记自己还算半个时尚编辑。

但只要走出这座写字楼，踏进片场，踏进宴会厅，踏进红毯会场，踏进和时尚有关的一切，我都会感觉自己迅速变得手足无措，就像我无法面对殷勤的场务兄弟，也不知道如何在一场时尚活动中找到自己的位置。我在时尚圈当了五年边缘人，从没真正感觉自己属于这个行业：我从未主动向它投诚，它也从未大度拥抱我，像一场貌合神离的相亲。

有一次，我在年终盛典的后台收集写稿素材，身边突然多了一个奇怪的女孩。我几乎是立刻意识到她是混进来的粉丝。这个判断很简单：一个梳着马尾辫、穿着羽绒服的女孩站在礼服堆里，场地里迷离的灯光反射在她的镜片上，她眼睛里透着向往的神情。她微微张嘴，和我视线相接，露出一个梦幻般的微笑——那种表情绝不会出现在我们这些疲惫的工作人员脸上。三分钟后，她就被保安精准识别并请出了场。不知道她有没有看到自己的偶像，我却物伤其类：我们都主动走入了一个不属于自己的地方，然后感受到了强烈的被排斥感。

我一直很怕在一些活动上遇到同事，那么我一直营造出的精明能干的女白领形象就算全完蛋了。如果你一层一层一层一层地拨开那些妆容精致的体面嘉宾，你就会在场地的角落找到我，站在茶歇台旁面无表情地举着一杯气泡水，往自己嘴里塞点心。这是我为数不多很擅长的事情之一：以一种适中的节奏往自己嘴里塞东西，让自己不要吃撑的同时，保持嘴里一直有东西在咀嚼，这样就可以有效地避免大多数攀谈。但有时，我最害怕的事情还是会发生。当我神色肃穆地吃着东西刷手机时，忽然听到一声高八度的"hā——lóu——金子老师——"然后我也会以我僵硬的演技配合，故作惊讶地抬头，扫视一圈，看到那个目光炯炯向我奔来的人，仿佛发现了失散多年的老友。首先，我跟他聊航班，通过抱怨航班延误来争取宝贵的一分钟时间，让自己锈蚀的大脑启动。然后一定要问对方最近在忙什么，切记，这是重点。不是因为真的在意行业动态，而是要赶紧想起他是谁，在哪里工作，从而想起以前在什么项目上见过——恭喜你，到这里聊天已经至少顺畅地进行了三分钟，你已经很厉害了！不出意外的话，你们就会互相加个微信，对方就会表示"要先去别的地方看看"，于是你们愉快地结束一场寒暄。

我懂得所有的道理，但我的笨拙还是难免

会从举手投足的缝隙里钻出来。比如，当我和客户不幸同乘一趟电梯，那就是我的修罗场。在客户面前，我作为食物链下游的乙方，有一项隐形任务：避免冷场，要让日后大家记忆里的今天成为沉浸在欢声笑语中的一天。玩笑不必真的好笑，反正大家都会报以礼貌的笑声。有的时候可以看出，说的人和听的人，对于此刻正在进行的某个话题（通常是讲也不好讲、听也没意思的公司业务）都十分疲惫，但好在我们彼此都有一种要让对话继续下去的责任感。这要求好的演技和好的体力，以及不在乎自己自尊心的小小磨损。

最糟糕的是，我对于自己的不合时宜总是后知后觉，常常是一句话说出口之后才意识到有什么不对，而对这句话的反复咀嚼又成为我睡前自我折磨的绝佳尴尬小剧场。比如，当对方礼貌地夸赞我的外表（"今天皮肤好好！""又瘦了！""这件衣服好适合你！"）时，在脑子反应过来之前，我总是下意识地喷射出一连串"没有没有没有"，然后双方就会陷入几秒钟微妙的沉默。对方也许是在期待我夸回去，又或许是不知道怎么接这一连串的否认。我为什么总是在这种时刻变得张口结舌呢？明明大大方方地说一句"谢谢"就好啊。

"大大方方"一直是我的一个心理阴影。从我小时候，我妈就期待我在别人面前表现得大大方方。四五岁的时候回老家吃年夜饭，我妈用眼神示意我给老人们敬酒。我的堂姐端起手中的雪碧，大大方方地站起来，用大大方方的声音，大大方方地说："祝爷爷奶奶福如东海寿比南山！"轮到我了，我也端起手中的雪碧，迟疑着说："爷爷奶奶，新年快乐啊。"我至今记得当时的感受：我当时确实已经认识一些字，也知道很多漂亮话。但我执拗地认为，"福如东海寿比南山"是一个太过冠冕堂皇的句子，念出来有一种被迫上台诗朗诵的羞耻感。而"新年快乐"虽然很笨拙，但它是我能够想到的给家人最真诚的祝福。我做不到大大方方，我几乎是这个词完全的反义词——我总是小小圆圆，把自己团起来，并尽量减少自己的表面积。

我也认识一位优秀的同行，刚入行时几乎和我一样小小圆圆。几年后我们再见时，这位同事已经在类似的场合如鱼得水，几句话就把正在做妆发的艺人逗得哈哈大笑，客户们聊起时纷纷表示印象深刻。我羡慕极了，但我不会去尝试模仿，因为三十岁的我仍旧没学会大大方方。每当我预见到这种聊天将会高频发生，我就会小小圆圆地团起来，躲在茶歇台旁边，看着人群聚散如万花筒彩片，然后再要一杯气泡水。后来，我读到《昨日的世界》里茨威格的一句话："……我觉得，坐在丰盛的宴会桌旁是折磨自己，一想到要同别人攀谈或向别人祝酒，还没等说出一句话，我的喉咙就先干涩了。"我们小小圆圆人的历史甚至可以追溯到一个世纪前的茨威格，可谓源远流长。这让我感到莫大的安慰。

虽然我的局促总让我自顾自地陷入尴尬，但时尚媒体的工作仍然让我欲罢不能。我偶尔能踩着巨人的肩膀，从云端探出头来，看看那豪奢的金鹅蛋。

不管你对时尚编辑有着怎样"月薪五千教

人过月薪五万生活"的刻板印象，但总体来说，行业对时尚编辑十分慷慨。原因很简单：只有真正见过奢华的人，才能真正写出奢华。我虽然没赶上纸媒的黄金时代，但仍然享受了一些璀璨的余晖。在入行之前，我对"奢侈"的想象总是很有限，总觉得是一种普通人生活硬件的超级升级（"皇帝用金锄头耕地了！"）。但其实上流生活的关键要素之一是无微不至的服务。

托公司的福，在入行不久，我就有机会去了一趟普吉岛，住在海边一个价格不菲的度假小庄园。那是一个 11 月，我刚从北京的冬天飞到泰国的热带，十分兴奋，和同事跳进泳池玩到凌晨四点。钻出水面的一瞬间，身上刚刚被海风吹得有点凉，旁边的侍者就钻出来递上浴巾——这个庄园还配备了全套服务人员，只要我们醒着，他们就会时刻响应我们的需求。但我当时真是抱歉极了，我完全没想到竟然有人彻夜等着关照我。我一个初来乍到的老外，落地的第一天就让一个勤劳的泰国打工人等到凌晨四点，仅仅是为了伺候我来享乐，这简直罪大恶极。我只好一连串地说着"sorry"。

如果说理直气壮地享受服务是体面中产的第一课，那我可以说至今没有入门。我真的要鼓起很大勇气才能在这里坦白：我就连用ChatGPT也会跟它说谢谢。当我享受了过于周到的贴心服务，我总会觉得自己被抬高了一点，离开了我本来该在的位置。而这一点位移，就足以让我产生"高原反应"。在北京的时候，我也会请家政来打扫屋子。但在对方忙碌的时候，我又决不能安心躺在沙发上打游戏。相反，我会端正地打开电脑，一脸凝重地把键盘敲得飞快，以此暗示家政大姐：我可是因为工作繁忙才不得不请您代劳啊！

法语中有个词叫"阶层叛逃者"(le transfuge de classe)，是指那些在人生中体验过自己的社会阶层剧烈变化的人。最典型的例子就是通过求学或工作而上升成为智识阶层的人。在中文语境中，这个词几乎可以和"小镇做题家"作同义置换，但我总觉得"叛逃"这个词更强烈地指出了我的背叛感：当我享受服务时，我就背叛了自己的世界。在我长大的世界里，

"自己的事自己做"是我学会的第一个人生美德，我们劳动妇女的一切都要靠自己的双手去创造，而无功就不应该受禄。如果我在晚上十点左右离开华贸写字楼，就会正好遇到楼下的SKP 结束营业。这个全北京最奢侈的商场，在打烊前有个堪称行为艺术的仪式：所有门店派出一位代表站在门口，给每个路过的人鞠躬，感谢各位今天的惠顾。我每次都会夹着包匆匆逃离，因为实在是愧对这连绵起伏的一躬又一躬：哥哥姐姐们别这样，我也是和你们一样来这里打工的啊！

在工作的第四年，我在客户的赞助下第一次坐了去欧洲的商务舱。学生时代我曾攒钱去过一次欧洲，为了减轻一些长途经济舱的痛苦，出发前行李箱塞满了各种网上学来的道具：颈枕，面膜，拖鞋，牙刷，毛巾，甚至睡裤。但当我从经济舱走到了商务舱，我发现这些东西都不再必要，拎着一个轻便的箱子就能舒适登机，仿佛只是坐高铁回老家过个周末。去机场的时候，因为手里太过轻松，我总有一种不真实感，再三确认自己有没有忘记东西。为了避免发生一些尴尬的事情，我还提前偷偷搜索了"坐商务舱需要注意什么"。事实证明我什么也不用注意，注意是他们的事。比如点餐，商务舱有一个比经济舱复杂得多的菜单，通常是三道式，前菜、主菜、甜点各有选择，但你并不用费心思考。空乘人员会半跪半蹲在你的座位前方，视线与你平齐，微笑，再低声递上菜单。你只要稍有迟疑，空乘人员就会贴心地送上一个封闭式问题："女士您好，我们今天为您准备了红烧口蘑牛腩饭和葱姜海鲜时蔬饭，请问您需要哪一个？您一会儿如果休息的话，需要叫醒您吗？"我甚至拥有了犹豫的权力。在经济舱，空乘还差三排走到我的时候，我就已经早早想好答案，只等飞快地说出一句"牛肉饭谢谢"。而在商务舱，我即使犹豫到天长地久，也不会听到后排乘客不耐烦的叹气声。

当然，所有熨帖和微笑也都在暗中标好了价格，并且价格不菲。在一些高端的活动上，我恍惚间总觉得进了主题乐园，遇到的所有宾客都举止优雅，工作人员都热情洋溢，仿佛全世界所有的快乐和美好都要在今天打包送给你。活动开始前，对方会寄来一张精心印制的邀请函，上面写着你的名字；有时候，酒店房间里会放着一小盒欢迎巧克力和一张手写的欢迎卡片，上面写着你的名字；当你的职级再升一些，逢年过节还会收到来自品牌的贺卡和礼物，上面写着你的名字；当你终于升职成行业里有头有脸的人，不用再依靠名片向别人自我介绍时，就会有人费心记住你的生日，并在那天送来一大束捧花，上面写着你的名字。就算是自诩理智的人，也难免会有一瞬间的目眩神迷。

但乐园会打烊，活动也会结束。踏出会场，等着我的不是南瓜马车，而是我叫的滴滴快车，司机接起电话没说"您好"而是"你快点儿这里不让停"。关上门，司机毫无感情地说"手机尾号"，我半死不活地报出四个数字，于是电车一脚油门让我的后脑勺狠狠贴在靠背上。这种回到现实的推背感，就像大哥车里的烟味一样让人微醺。

啊！这个味儿对了。这才是我真正的生活。

时尚圈赋予我们媒体老师的这种虚假的权力感实在是太诱人了，我需要时时警告自己不要太过沉醉。一个不注意，大脑就会把"我曾有"的体验误认为"我应有"的待遇，就对自己真实生活的贫瘠嗤之以鼻。于是一部分人，就会彻底投身到真正的虚荣中去。

　　工作以来最令我内心震颤的一次活动发生在伦敦。活动举办的地点在威斯敏斯特大教堂，而几天后，新一任国王查尔斯会在这里举办加冕典礼。入夜之后，游客全部清场，我们从后门穿过庭院，进入寂静空旷的教堂。这座英国国宝建筑，在那一夜只为我们这些宾客开放，我们在神圣的石柱和彩窗之间尽情自拍。当天晚宴的明星是一支价值 2.5 万美元的威士忌，即使我是一个品酒白痴，抿一口也觉得飘飘然。活动结束，六座商务车把我们送回酒店。这座酒店据说曾是丘吉尔的办公室，抬头就能看见伦敦眼。我住在一个复古装潢的阁楼小套间，虽然 500 米开外就是游人如织的特拉法加广场，但房间里安静极了，只能偶尔听到两声飞过的海鸥鸣叫。回酒店时，我看到门口聚集了大量的粉丝，看样子这家酒店应该是迎来了一位名流。我顺口问门房："今天是有什么明星入住吗？"刚问出口我就知道自己问了个傻问题，显然工作人员并不能透露住客的隐私。但那位西装革履的老先生没有直接拒绝，而是极有风度地回答："女士，您就是这里最大的明星。"

但当活动结束之后，我的人上人体验卡也随之到期，必须要自己掏腰包在伦敦找一个住处。我首先尝试在同一家酒店续住几天，才得知这个泰晤士河边的豪华酒店，一晚上竟然折合人民币五千元。在手机上翻了几小时，我才勉强找到了一家西区附近的经济适用型酒店。虽然我在此处看似很高贵地使用了"经济适用型"这样屈尊俯就的词语，但那间酒店也要一千多人民币一晚，不难看出，这已经达到了我支付能力的上限。新酒店门口没有穿西装的门房，也看不到泰晤士河，看起来和国内200元一晚的快捷连锁酒店差不多。我打开房间的窗户，窗外是一堵墙，墙边立着一个半人高的垃圾桶。高级酒店也惯坏了我，我竟然忘记自备拖鞋和牙刷。那天晚上，我在房间里踮着脚跳来跳去，把牙膏含在嘴里漱了漱口。我躺在床上，听着隔壁房间女人训斥孩子的声音。注意！此时已经来到了一个较为关键的时刻。在这种情况下，你的脑子总会控制不住地把昨晚的豪奢和今晚的落魄放在一起对比，并给自己编排一出千金落难的戏码。这种情绪实在是太有诱惑力了，沉湎其中时甚至能感受到一种宿命般的浪漫，你几乎立刻理解了为什么中年男人总喜欢在酒桌上忆当年——到这个程度就算完蛋了。于是，我那天缩在被子里告诉自己：这家酒店就是我目前能给自己的最好生活了。它并没有那么不堪，其实还算整洁，我对自己很满意。

然后我就心安理得地睡着了。

回国后，另一次在上海的品牌活动，我被安排住在静安香格里拉。显然，这也是另一家我自费住不起的酒店。洗完脸，发现洗脸池的下水口并没有打开，水堵严丝合缝，抠了半天也没抠起来。于是我上小红书查了查。还好，我不是世界上第一个为这个问题困扰的人：水龙头背后有一个提手，你只需要向上一拉，水堵就会打开，这样就可以避免直接接触下水口而弄脏手。我问自己：一个静安香格里拉的工作人员，在面对如家的工作人员时，会因为见识了更多为上等人准备的好玩意儿，比如知道水龙头后面有个控制水堵的开关，就横生出一种优越感吗？如果这个问题让我感到荒谬，那么因为工作而体会到上流生活的我，也绝不应该背叛普通的生活。我甚至想象了一幅略显可笑的画面：如果有一天，我和实习生一起出差，她面对着水池里下不去的水而一脸苦恼的时候，我就会走过去，轻轻地拨开水龙头后面的开关。她将会憧憬地看着我，仿佛我是什么住惯了香格里拉的体面前辈，然而我也只是几个月前碰巧搜了一次小红书而已——上流的魔力，就是给每个浅尝过它滋味的人带来荣耀。

在那次商务舱体验之后，我又因为工作而坐过很多次飞机。在登机廊桥那个分向商务舱和经济舱的甬道前，我有时向左走，有时向右走。我也会在网上搜索不同机型的商务舱选座攻略，那些帖子会不厌其烦地告诉你：要选贴近头等舱的前部，尽量不要选后面的座位，因为与经济舱和备餐间挨得太近，很吵。而有几次，我在登机时也得以路过比商务舱更优越的头等舱。头等舱在机舱前部，离经济舱更远，后面几百号乘客鱼贯而入，放行李、哄孩子、找座位、打商务电话的声音则完全不会传到这里来。被头等舱顾客推崇的那种座位通常设计成茧形，一排圆茧呈 W 状反鱼骨形分布，每个座位面向不同的方向，保证即使是相邻的座位也看不见彼此的脸。这让我想起之前去洛杉矶出差时参观贝弗利山庄。一路上见到那些漂亮的小别墅本来已经足够震撼，但当地的朋友跟我说：眼睛能看到的房子都不算什么，真正的豪宅都隐藏在那些将近十米高的密实树篱后面，为的就是隔绝普通人窥探的视线——与大多数人隔绝，与低级隔绝，与自己贫苦的过往隔绝，然后跻身上流社会。感谢时尚行业，那些最好的树篱才会对我短暂打开几次，并袒露了里面的上流社会的一切。它没有让我心生向往，反而让我无比清晰地意识到一个事实：我仍然不入流，并很有可能永远不入流。但我早已不会因此而难过。

　　你见过那种巨大的乌鸦吗？通体漆黑闪亮，蹦跳着，摇摆着，将钻过灌木的缝隙当作一场游戏。乌鸦穿过树篱，那里满地珠玉。它只衔走一根树枝，便拍翅扬长而去。

第 八 章

摘 毛 球 与 做 美 甲

"在体面的游戏里，所有人都害怕自己在裸泳。"

提起北京生活，我的朋友林安琪很喜欢讲一个故事。某一年的冬天，她来到国贸某大厦开会。冬天，是人类穿得最多最厚的季节，因此也是贫富差距最为肉眼可见的季节。她钻出地铁走在地下通道的时候还一切正常，但她一旦钻进明亮的 CBD 大厦，就大事不好了：楼内明晃晃的灯光有一种让一切都大白于天下的气势，她突然发现自己的大衣上有很多毛球，而她很快就要见到重要的合作方。于是她躲进商场的厕所里，捏起手指开始摘毛球。坐在马桶盖上摘毛球的那几分钟里，她完全理解了北京。

　　国贸到大望路一带有一种神奇的魅力。从地铁地面往上一钻，就立刻让你知道什么是"体面"。体面是高悬于 CBD 上空的黄金律法，每次你凝视东三环的车流时它就会显现。它会发出像国贸大厦里那种审讯室一般的灯光，让你无师自通，察觉到自己的不对劲：我不体面。

我的公司在大望路，而我每天回家需要倒两次地铁，去东直门坐十三号线。十三号线的末班车是晚上十点四十二分。在工作的第一年，我经常在十点二十五分从公司拔腿飞奔，跑过华贸写字楼，跑过 SKP 的美食街，跑过东直门长得臭名昭著的换乘通道。只要在换乘时一路小跑，就能赶上末班地铁。由于出发得太慌张，我手里的衣服、包、电脑会胡乱窝成一团，总之先抱在手里再说。我常常在关门铃响的时候抢上抢下，一个箭步跳进车厢，然后听见门在我背后"哐当"一声合上。落座时心脏还在狂跳，地铁开出三站才能平复。如果忽略我这个人，仅看上面这段描写，它竟然很像被加了厚厚马卡龙色滤镜的偶像剧，女主角勇闯大城市的第一个镜头。当然，从来都没有人指责过我这种冒冒失失的行为，但我就是觉得哪里不对。后来我才意识到这种违和感的来源：没有人在大望路奔跑，这样不太体面。

其实我至今都无法对"体面"这个词下一个准确的定义。我在时尚行业（尤其是在上海的时尚活动）见到很多体面人，他们举止得宜，待人亲切，从不说错话傻话，衣服从不发皱起球。他们都会适时地在交谈中插入英语，因此他们不论在哪里读的大学，看起来都很有留洋背景。他们租或买了一间采光很好的房子，很有一套自己的生活美学。他们都看过全套的《小时代》。他们有很多别称：精英阶层，精致白领，既得利益者，北京女子图鉴，生活方式博主，成功人士。

工作后不久，我第一次踏进拍摄片场。我已经忘记了当天拍的是什么品牌或者哪位明星，但还记得那天看到的第一个场面：BV 包、CHANEL 包、LV 包、CELINE 包，都被胡乱地堆在沙发或水泥地上，没人在意。在"松弛感"这个词还没有被人人挂在嘴边的时候，那场拍摄就给了我一些关于"松弛感"的震撼。销售和客户在聊某家冲浪馆，一个人说那里给人的感觉像洛杉矶，另一个人说没错，也像澳洲。我微笑，并紧急搜索了一下什么是冲浪馆。从对话中我还了解到，他们都在"该生孩子的年纪"有了孩子，并且都顺利地把孩子安排进了昂贵的学校，比如佘山脚下一所"像霍格沃茨一样"有四个学院的国际学校。体面姐姐们嗔怪工作辛苦，开始畅想这个项目做完之后要如何拿着奖金犒劳一下自己。一个姐说："比如金子老师，就可以去做个美甲。"那一瞬间我才意识到，自己是这一圈人里唯一指甲空空的人，而这一点在别人眼里竟然如此明显。他们的体面似乎没有死角，就连染过的头发都没有露出黑色的发根。而我就像林安琪摘毛球一样，一低头才突然看见自己的衣服上其实沾满了猫毛。我一边在心里偷算要多少月薪才能支撑起他们那样的生活，一边又隐约觉得，这好像也不全是月薪的事儿。

比起到底赚多少钱更重要的，是你愿意为体面付出多少钱和精力。一旦你开始意识到体面的存在，你就会发现它学无止境。有一段时间，社交网络上很流行一种文体，标题通常是《20 岁应该懂的 50 件事》或《30 岁的 30 条行为指南》，主要内容是如何做一个与年龄相符的体面人。作为时尚杂志的新媒体部门，我们也是这种内容重要的源头之一，这给我提供了很好的学习样本。工作之后的第一年，一个显而易见的变化是，我随身携带的 LV 托特包变得越来越沉了。体面至少需要化妆出门，于是必须随身携带补妆的气垫和口红。框架眼镜也最好摘掉，于是包里又多了隐形眼镜盒与一小瓶便携护理液。后来我的包里又装了一支眉笔，它的作用更像那种关键时刻敲碎玻璃的尖头锤：实在素面朝天的时候，用气垫、口红、眉笔至少能组成一个最简单的应急妆容。几个月后，我又装了一包卸妆湿巾，在深夜回家的出租车上可以直接卸妆，以便进门倒头就睡。我感觉我像一个努力表演体面的演员，要随身携带着自己所有的演出道具——怪不得体面白领总对奢侈品包有着特殊的感情，那里面沉甸甸的全都是体面。

当我以为我的体面道具已经十分完备，生活又给我上了进阶的一课。某次和客户一起出差，经过一夜的飞行，第二天早晨下飞机时，我蓬头垢面，而客户姐神采奕奕，妆面一丝不苟。以这个妆的新鲜程度来看，显然是早起后新化上去的，我很难想象她是怎么在机舱内完成卸妆、睡觉、上妆这个流程的。更让人注目的是她的发型，齐颌的短发，顺直，没有丝毫油光。她递给了我一支免洗啫喱，在没水洗头的情况下，它可以让头发看起来干净又蓬松。我把这支猫条大小的啫喱珍重地放好，于是我的包又沉了一些。这时行李转盘吐出了她的箱子：一个齐腰高的日默瓦拉杆箱，尺寸颇为惊人。她说，即使出差一天，她也要随身带着戴森，免得酒店自带的吹风机不适配她利落的发型。

在真正成为体面人之前，你需要持续地缴纳体面税。我有一个朋友，和我一样来自小城，在国贸海拔最高的中国尊里上班，每天雷打不动坚持全妆出席。我当然也见过她每天只睡几小时的样子，我问，是什么样的精神让你坚持服这个美役？她说："我不想让同事认为我是一个被房贷压得喘不过气的中年社畜，这样就会被狠狠压榨，因为领导吃准了我不敢离职。"她在长假过后的第一个工作日必定格外光彩照人，穿金戴银，因为她要让同事们相信自己是一个生活多彩的富婆，而这份工作对她可有可无。几年过去，她的努力十分奏效：当她坦荡地承认自己买了假包，同事却坚定认为这是富婆展现亲民的托辞。

我总是记得办公室邻座的女同事，看着自己精致的宝蓝色美甲，幽幽地对我说："我们赚的很多钱，都用在维持体面上了。"我不知道她在哪里做的指甲，但我知道公司附近的美甲店的会员卡充值门槛是一万元。我看到过一条新闻，一些无良商家为了牟利，会在小乌龟的壳上用油漆印刷图案。这些漆面很难去除，而且会对乌龟骨骼造成不可逆的损伤。每次去卸美甲的时候，我都会想起那些可怜的乌龟。我健康的指甲被抛光条反复打磨，变得坑洼不平，即使是轻轻挠痒都会断裂。到底是谁制定了这些奇怪的规矩？到底是谁让我花很多钱却只为了把自己的指甲变得丑陋脆弱？很不幸，答案竟是我自己。我们这些时尚编辑在会议室里攒出来的稿子，反过来又变成了我们自己要遵守的体面规则，我每每想起都觉得很幽默：时尚成了一场大型自验预言，而我竟也"共襄盛举"。

我当然可以拒绝交体面税，甚至可以直接把体面的桌子掀翻，痛斥这些消费主义的阴谋。但在大望路，不管你是总监还是主编，还是写字楼里某家公司的老板，没有人可以承受轻视体面的后果。

　　就连明星也无法逃过这样的挑拣。任何一个粉丝偷听了品牌或者媒体选择艺人的会议，恐怕都会当场晕倒：首先，参会的各位在桌前坐下，每个人脑子里都有一份当红明星的名单。然后会议室就像一个虚拟的菜市场，大家怀揣着中年人买菜一般的挑剔和刻薄，在这些名单里翻找，端详，对比品相：他今年过气了；她最近有绯闻；他在剧组里；他有排竞；她和赞助商关系不好；她不配合；他最近变丑了；他俩不能同框；他还不够红；他太老了；她今年没作品；她太贵。最常用的一个拒绝的原因是：他质感不好。"质感"这个词就十分微妙，带有一些不必多言的自矜。而且不是谁都能够有资格评判别人的质感，只有那些足够体面的人有资格高傲地使用它。

对艺人的挑拣放在明面进行，但更多关于体面的评判毫无痕迹。就像艺人永远不知道他背地里被多少时尚活动提名又落选，我也会暗暗提心吊胆：我会因为自己的不体面，而在浑然不觉的情况下就已经频频落选吗？

更多让我不安的细节开始露出端倪。比如，五年来，我从没被公司安排去米兰、巴黎或纽约时装周。当然了，我的工作和时装周没有什么太直接的关系，不去出差简直太合理了——但这件事就不能多想。如果有一个瞬间没有管住自己的脑子，它就开始慌乱：万一是因为我看起来不够时尚呢？万一是我出国会给公司丢人呢？更可怕的，万一是我不够体面呢？

我确实不够体面。体面和做题不同，不是一朝一夕就能补上的学问。而在一个以体面为行为准则的行业里，我的不体面无疑给工作带来了很多困难。刚入行的时候，我给某奢侈品牌写一篇软文，主题大概是"追寻心中真正的热爱"。在那个故事里，主角是一个厌倦了大城市的白领，回家乡开了一家奶茶店。客户反馈说："'奶茶店'格调不高，不符合品牌调性，请修改。"当时我大怒，觉得是客户不懂得欣赏我的作品，并且完全看不出奶茶店有什么问题。"调性"是我工作头几年最害怕听到的一个词，它是各大品牌的体面守则。所有呈现在你面前的广告、海报、文字、视频，都经历过这样的调性审查，他们要确保自己的高级万无一失，要符合他们受众的体面。比如，我曾经在一篇稿子里写了"女主人公下班后去楼下居酒屋小酌一杯"的剧情，客户看到后立刻打电话过来要求修改，因为"居酒屋"看起来太便宜了，不像是他们期望的高净值人群会喜欢的高级料理。再比如，另一个客户十分不满意稿子里提到的"后厂村"（类似于中关村，是北京互联网大厂的聚集地），觉得这个地名土得很刺眼。再比如，某品牌看到我们文章配图的餐厅照片，桌上的餐巾纸竟然有褶皱，大为不满，认为我们根本不懂得什么是真正的高级，直到设计师把所有的餐巾纸一张张修平才稍显满意。

时尚行业常有一种让我费解的习惯：挑剔，并以此为荣。艺术品、电影、音乐、摄影作品和爱情的共同点是什么？就是千万不能先开口说喜欢，否则相当于把自己的底牌双手奉上。想象你和朋友看一场电影，你激动地打了五星，而同伴不咸不淡地给了三星，你就会感觉在审美上矮了一头。总之要牢记：千万不能对任何东西展露出太热烈的赞美，太过浓烈的感情也是不体面的。体面人夸奖的最高级应当是"还不错"。而比挑剔更省力、更常见的一种体面态度，是"否定"。虽然大多数人说不出什么是对的，但每个人都坚信自己知道什么是错的。批评总是最稳妥的，还会显得自己眼界高超。他们想象中的自己，就像《穿普拉达的女王》中的坏脾气主编米兰达，一整个龙门架的衣服推到她面前来，她只斩钉截铁地说了一句"不"，于是自己的审美权威又得到了一次巩固。时尚行业的工作有时像择大白菜：动手前谁也不知道到底想要什么，但总之先去掉那些不体面的发黄叶片，最终剩下一个伶仃的菜心。它莹白脆弱，没有一点不对，于是我们终于找到了体面的正确答案。

　　如今，我已经写过上千篇的品牌稿件，并

随即发现一件恐怖的事情：我开始理解品牌的调性了。我逐渐意识到：爱马仕要的是某一种高级奢华，而香奈儿要的是另一种；露露柠檬喜欢的是某一种阳光活力，而昂跑喜欢的是另一种。在看过很多资料和PPT、参加过很多品牌活动之后，它们的调性成为我脑子里的一层沉积岩，不再虚无缥缈，却仍然无法言说。我也开始对更年轻的同事使用同样的话术："这个方案不符合客户的调性。"听到这样的话从我口中说出，我总有种不可思议的感觉。但至少，我再也不会在奢侈品牌的稿子里写主人公回老家开奶茶店了。

在体面这件事上，我总是犹犹豫豫。我知道这个游戏期望我做什么，但不想用我的血汗钱为它大肆氪金。结果就形成了一个死循环：当你想要在体面税上偷工减料，结果只能是缺斤少两。我学着体面生活的模板规律健身，谈论体脂率和低GI饮食，看起来似乎像那么回事。但我没能和真正的体面白领一样，成为朝阳区那种有落地窗的网红健身房的会员。我的健身房在我们回龙观小区的地下室，去健身的时候需要穿过一整片儿童乒乓球培训班，并小心不要踩到小朋友们的球。我在这个健身房练得十分刻苦，但从没发过一条朋友圈。我总觉得在这间地下室昏暗的灯光下拍照不甚体面，而教练也不是"超级猩猩"里的充满活力的阳光大男孩（"超级猩猩"喊口号甚至用英语）。上了一年课之后，我的教练跟我告别，说自己要回河南养猪了。

　　我曾经在办公室看到过一本《极简葡萄酒》，或许是被刻意地塞在了办公桌的角落。它的主人一定从这里获得了很多体面的谈资，而又不想暴露自己是从这本书里读到的。这也是一种对于体面学的逃课：本应亲自尝过很多酒才能积累出的眼界，人们却妄图从一本书里快速补课。我绝没有嘲笑谁的意思，看到这家公司里不止我一个人在为体面挣扎，我甚至很欣慰。在去苏格兰参加某威士忌品牌活动的飞机上，我也快速翻完了一整本《威士忌原来是这么回事儿》，并对此绝口不提。有些体面可以很快学会，比如雪莉桶和波本桶的区别，比如哪家酒厂习惯用宽颈蒸馏器而非灯笼型蒸馏器。而有些事情不能，比如英语。在同行面前开口说英语，是我在工作时最恐惧的事情，其难受程度甚至超过和四十岁的国企客户对创意。

作为一个考试型选手，我的雅思有 8 分，但这并不能改变我英语不够体面的事实。我曾经也鼓起勇气，跟老板提过我的雅思成绩，委婉地请求他给我一些对外事务的机会，但他不置可否。后来我回过味儿来，每每想起那天都十分后悔：当你在一家外企工作，却还试图用雅思成绩证明英语水平，只能说明英语确实不好。但我没有什么别的可说。行业里别说海本海硕，十几岁就在英美读高中的也大有人在。留学当然也有鄙视链，美高大于美本大于美硕大于英硕，我也总把这些调笑的内容作为梗写进稿子，似乎自己很了解鄙视链顶端的生活，但我其实没有任何海外留学经历。大学毕业那年，我曾经不抱希望地问我妈："如果我想出国留学，家里能拿多少钱？"我妈想了想，用一种砸锅卖铁的语气说："二十万吧。"我至今不知道这二十万她是怎么在头脑中凑出来的，那沉默的一瞬间她是决定卖点什么还是借点什么。我没有问，因为这个答案一定会让我们俩都伤心。我当然不能用她这二十万去申请学校，这笔钱对我们家来说太多，但对出国读书来说又太少。

但幸好，我很快发现英语水平和海外经历并没有太大的关联。英语水平的关键，并不在于能否毫无障碍地读完一篇《大西洋月刊》的专栏，而在于一种"看起来英语好"的体面气质。虽然我们一年接触老外的次数一只手就能数得过来，但要的就是那种英语单词仿佛拦不住一般要从嘴里往外蹦的自信感觉。我把它总结为一种"白领英语"。以我观察，这套中夹英的奇怪语言已经初步形成了一套语法：

把句中的副词换成英语。

举例：他 even 没理解你在说什么，但 anyway 我 totally 能明白你意思。

把句中的语气助词换成英语。

举例：Geez！他是不是有病？ Oops, sorry 我太 mean 了。

把句中的所有品牌名称换成英语。

举例：我今天看到一套 Brunello Cucinelli，
somehow 比 Louis Vuitton 的那件 outfit 更适合
你欸，推你了。(* 注意！此处 Brunello Cucinelli 的
发音要尽量贴近意大利语，而 Louis Vuitton
则要还原法语精髓。)

　　熟练掌握这三个语法要点之后，再略微注
重一下仪容仪表作为加分项，你就基本可以成
为一个看起来英语很好的体面白领。

　　我对这种白领英语有着一种近乎执拗的抵
触。在我感到自己将要忍不住吐出一个不必要
的英语单词时，我就会刻意地让自己闭嘴。但
这并不意味着我就能说一口流利而纯正的英
语。在某次闲聊时，我说起自己打算学法语，
一位前辈带着惊讶问："但是你不先把英语学
好吗？"我的英语不够好——这是周围的世界
一遍遍告诉我的，不论我多么努力去听英语播
客或是读外刊，这个事实也岿然无法改变。于
是，我时常厌恶自己在说英语时展露出的笨拙。
在一句话出口的同时我就会审视它：语法正确
吗？发音正确吗？足够地道吗？我的脑子里有
一部残缺的字典，每当我张口结舌的时候就是

在手忙脚乱地翻找它。有时好不容易想到一句从电影里看到的表达，话到嘴边也会突然悬崖勒马：这句话用在这里真的合适吗？在使用中文时，我随心所欲地挪移这门孤立语的成分，像操作活字印刷术那样把宾语提前，把主语隐藏，把一个名词改装成形容词，或是干脆写一个超长的副词，只因为我喜欢这么表达，并且确信它是正确的。

但我永远无法像使用母语一样自如地使用英语。在说英语时，我变成了一个无趣的、没有性格的人。我只能用最平实的词语表达出一些基础款的情绪，而每当试图跳出语法框架表现幽默感的时候，我都会突然不确定：他们真的能理解这里是一个幽默吗？比当众讲一个蹩脚笑话更让人尴尬的是这个笑话里还有语法错误。

如果说英语流利是时尚行业的顶级体面，那么次一等的体面则更像是一种自我保护：当你不确定自己能不能说好时，不要开口。在很长一段时间里，我几乎放弃了努力学英语这件事。

但在这里，让我们说回前面的那趟苏格兰出差。旅程的同伴是一群来自世界各地的媒体老师，没有一个中国同行。不出所料，我在飞机上临时恶补的那些威士忌知识一落地全都忘了。我没能作为一个威士忌老饕侃侃而谈，只能作为我自己，用我笨拙而朴实的英语和其他人交朋友。在回国前夜的告别派对上，对接的工作人员偷偷将我拉到一旁。带头的英国姑娘眨了眨眼，认真地说："你知道吗？在这次的所有人里，我们几个都最爱你。"

她永远不知道这句话告诉了我一件多么可贵的事：我绝没有想象中那么笨拙，我仍能用另一种语言展现魅力。虽然我的英语对于时尚圈来说 obviously 还不够体面，但对于他们来说已经足够好了。

在努力扮演体面人的第五年，我也有了一些表演心得。有时候我会发布一些工作照，营造出一个事业有成的女性形象。同时在遣词造句上万分注意，面对精致的餐点、高级的展览、出席的明星等等表现得司空见惯，避免流露出过分的激动，最好能让人感受到一种千帆过尽的淡淡疲惫。我感觉自己的体面初见成效，因为评论区逐渐开始有人问我衣服在哪里买的了。

但我从不会说这些照片是怎么来的。某次去上海参加美妆活动，我乘坐早班机落地。我实在没有办法凌晨五六点起床化妆，所以理所当然地素颜抵达活动现场。我立刻拖着行李来到了场地里的卫生间，打开行李箱开始抹脸。几分钟后门又被推开了，另一个匆匆忙忙的女生出现，同样摊开了她的箱子。我们对视一眼，默契地没有多说。半小时后，当那扇门再次被打开，我们两个身穿体面的连衣裙，作为体面的女嘉宾体面地登场。我们像其他人一样举起香槟，微笑，被摄影师拍照，没有人会把我们和那个狭小的卫生间联系在一起。

体面游戏有点像一条精致的日常记录Vlog，你看着主人公在温柔的晨光中醒来，伸了个懒腰，开启美好的一天。反观自己头发凌乱，眼泡微肿，打哈欠还能闻到昨夜蒜香烤鸡翅的余味，总感觉有点自惭形秽。实际上博主自己也好不到哪儿去，提前一小时起床，洗脸刷牙化妆，头发吹出慵懒的弧度，把手机支架摆在床头，按下录制键，然后再钻回被子里，表演出一个美梦刚刚结束、怀揣无限热情迎接新一天的样子。见面时，大家都处于掐头去尾的视频高光卡段，极力隐瞒自己不体面之处的同时，永远分一缕余光注视他人，来找出对方偶尔露出的马脚。当在体面的画面之间瞥见一个不和谐的跳帧，他们就会为这种敏锐的发现而骄傲。

我碰巧看到过一位同行的文章，里面有一个令我印象深刻的细节：一个女学生在和业界名人对话时，暗暗地把腿往椅子下面缩，好藏起自己廉价的运动鞋。这幅画面实在是很有意思，因为女生显然不可能直接告诉作者："当时我可真为自己的鞋而感到羞愧啊！"那么这个主观解读只能说明一件事：认为穿"廉价运动鞋"不体面的不是女孩，而是作者自己。作者不请自来，把自己的体面规则加于一个陌生女孩的生活之上，暗自评判一番，又（很可能是踩着一双昂贵而体面的鞋）满意地离去了。

我是绝对经不起这样观察的。我的马脚实在是太多了，它们旁逸斜出，我左支右绌。有时我躺在家里的沙发上，穿着松垮的旧 T 恤看电视，会收到一两条迟来的朋友圈点赞。点开看，是前几天发布的体面工作照片。照片里的人似乎每天都会从酒店的尊贵套房中徐徐醒来，然后穿着小裙子流连名利场，真是让人羡慕啊！总之，这和我的生活毫无关系。我厌倦了这场大型体面真人秀，更别提我还需要投入无尽的时间和精力，对自己的生活精雕细刻，只为了获得虚无缥缈的认可。当然，体面的反面也绝不是自暴自弃。现在，当我走在大望路地铁站甬道，有时会突然意识到自己此刻正在圆肩驼背，随即马上把自己舒展开来，开肩，挺拔，做一个步伐利落的白领——我对自己的体面要求差不多就是这种程度了。而且这么做的时候，我不需要藏起自己的鞋。

黛娜·托马斯在《奢侈的》里面写道，古罗马的哲学家西塞罗为了被贵族阶级接受，豪掷千金打造了一张香橼木桌子，而其他新贵听闻此事也纷纷效仿。这件事的有趣之处有两点：一是在书中，这个故事往前翻几页，就能看到作者庄重地引用了一句西塞罗的名言——"如果你想铲除贪婪，你必须铲除贪婪之母，奢侈"；二是当时真正的贵族看到这一夜之间涌现的桌子热潮，发出感叹：真是世风日下！发出感叹的这位罗马贵族在书中没有姓名，但我猜测"买一张桌子就可以成为贵族"这种想法，一定让他嗤之以鼻。

我曾经受邀参加一场展览的开幕式，那位蜚声全球的策展人也莅临现场。现场宾客全都体面极了，从头发精致到脚后跟。策展人转过身去，毛衫袖子和身体的缝合处，裂开了一道3厘米的口子，露出几根线头和里面的白衬衫。

我悄悄问旁边的同行："他的衣服是不是破了？"

同行看了良久，迟疑着说："应该是设计吧？"

那一刻我有种好笑的联想：这体面的一切好像皇帝的新衣。既然如此，我就只能做出在那个故事里唯一正确的事：

"不，"我说，"他就是衣服破了。"

第九章

明信片与汤匙声

"'写点什么'并不高尚，它只是一种永恒的饥饿。"

如果说人生一切的不幸都能从童年找到答案，那么我觉得我的命运轨迹可以一路追溯到1994年12月14日。那天，河南濮阳范县采油厂居民楼里的一张大餐桌上，举办了一场小型的抓周仪式，庆祝我的一周岁生日。据我妈描述，在众人期待的目光中，我在桌上的物件之间爬行，只抓起了一支笔。大家纷纷表示以后这孩子肯定要当高考状元。后来的事情你们也知道了，我没有考上北大，但确实成了每天都在抠字的新媒体编辑。

　　这个故事是我几个月前才知道的。那个时候我正在休年假，回濮阳看我妈。她看我总在电脑前坐着，于是像突然想起来什么一样，漫不经心地讲了这件事。我听了只觉得一股宿命般的悲伤气息扑面而来，因为那时我正在改稿，手上的稿子已经改了三遍。但我不能责怪多年前的那支笔。我确实还算喜欢这份工作，它可以让我每天写点什么，而我对"写点什么"这件事向来颇有执念。

我执意写下的第一件事是我的名字。每个小孩在刚学会写自己名字的时候，都会体验到一种大权在握的魔力：只要我在东西上面写下名字，它就属于我了。我在幼儿园的课本上写名字，在我的皮球上写名字，在我的书包上写名字。我的同桌会把名字写在书页的开口处，他教我把书微微弯折，让窄窄的侧边变宽，然后把名字写在那些纸张组成的书口上。"这样就不会有人偷了。"他说。虽然我当时很想反驳他：谁会偷你的课本？但这种宣告主权的方式实在是太迷人了。很多年后我读到，公元前2300年阿卡德王国的公主恩赫杜安娜在为女神伊南娜抒写赞美诗的时候，出于一个没有人知道的原因，在旁边写下了自己的名字。这个在今天看起来似乎是天经地义的行为，让恩赫杜安娜成为历史上第一个署名的作者。我后来也学着同桌那样在新课本的书口上写名字，一笔一画，做一个无人在意的恩赫杜安娜。

在三岁，或者四岁还是五岁的时候，我曾经对我妈有过一次单方面宣战。我在家中的柜子里翻出很多明信片，那些明信片来自不同的人，字体工整，语句郑重，都是写给我妈的。我当时突然被一股无来由的愤怒淹没：凭什么她可以收到这么多明信片？凭什么我一张也没有？是的，非常莫名其妙，但四岁的小朋友就是会这么想。于是我拿起明黄色的彩笔，把明信片上那些娟秀的"兰"字全部涂掉，然后粗暴地盖写上我自己的名字。我毫无正当性的嫉妒之火熊熊燃烧，等回过神来的时候，已经涂改了一小沓。怒意退潮，我才后知后觉地开始害怕，我不知道她看到这一地狼藉的明信片会作何反应。我很怕她会骂我，但她并没有生气，只是笑了笑。

长大后，我也拥有很多会给我寄明信片的朋友。他们的明信片来自国王十字车站、布达拉宫、黄山山顶、士林夜市，而我再也无须用彩笔涂改，因为每一张明信片都写着我的名字。我把这些明信片都珍重地收在一个盒子里，然后总是想起那个我在愤怒中挥毫的午后——我妈怎么能不生气呢？这段记忆的镜头总是对准我自己的：我记得我用的是一支明黄色彩笔，我歪扭的字迹，以及坐在地板瓷砖上湿冷的触感。但现在，我会想象自己步入那间卧室，不是作为四五岁的我，而是作为一个抱着手臂的冷漠成年人，把目光更多地放在我妈身上：一个和我年龄相仿的女人，面对着一地被毁掉的明信片，还有一个耍赖的傻妞。她看破我滔天的嫉妒，并选择袖手旁观。

我妈对我的袖手旁观并非一种刻意姿态，她是真的不在乎。在我逐渐学会写三百字的作文的时候，写东西的欲望也随之被泡发膨大——我第一次产生了写故事的冲动。那天，中央六台放映了《纳尼亚传奇》。钻进家里的衣柜就能穿越到异世界，这个设定让幼小的我心神荡漾，我感受到了一股强烈的饥饿感：我要这个。不是要一场仙境冒险，而是要写出一个同样好的故事。我当即用作业本写下了人生

第一篇小说的开头：一对外国的兄弟（姓名分别是汤姆和杰瑞，穷尽了我当时知道的所有英文名）在游泳时遇到了滔天大浪，在他们沉入海中命悬一线之际，游来一条大鱼。大鱼竟然开口自我介绍，说它是深海世界的国王——故事就到这里。我把那页草稿纸拿给我妈看的时候，她没有流露出什么特别的情绪，只提出了一点意见："随随便便遇到国王也太夸张了，把它改成王子更合适一点。"我听了深以为然，先擦掉了"国王"一词。然后按照这个标准来审视上面的文本，结果看不顺眼的地方越来越多，于是又擦掉了更多的词，直到这样擦掉了整个故事。我的第一次创作就这样戛然而止。

在这件事之后，我再也没有把我写的故事给我妈看过。一是这让我有一种在她面前裸奔的感觉，二是我很快就坚信自己不再需要任何人的建议。在我十几岁的时候，我就笃信自己会比她前程远大，比我妈、我爸、我妈家的所有人和我爸家的所有人加起来都要前程远大。大概是上初一或初二的时候，我的文学理想初现端倪，在 QQ 空间和百度贴吧进行了第一次

"玛丽苏"创作。我印象里一直觉得我当时写得十分好，好极了，符合一个十五岁天才少女的水准，毕竟我是从小到大被语文老师捧在手心里呵护的宝贝。但我妈从来不关注我的写作事业，她有一种别样的冷漠。她从没在我的空间里留下过访客记录，我也相信她从未翻过我装满 Word 文档的文件夹，她甚至对我的日记本都毫无兴趣。

这篇文章写到这里，我又去 QQ 空间重温了一下我当时的同人文得意之作。凄美玛丽苏文学摘录如下：

> "人……妖……殊途……"她似失语似的哑声道出，"臣妾不是苏妲己，臣妾……是狐妖……"欲推开他，可他却把她更紧地锁在怀里。
>
> "孤王早就知道。不管你是人是狐是妖，孤王都要惜你怜你疼你爱你！你要取我江山，现孤已给你了……"鹰眸炽热如星。

时隔多年，三十岁的我仍然没有勇气仔细

阅读这段话。我当时尴尬得蜷缩起来，并且当即把这段话截图发给三个以上的朋友，邀请他们一起嘎嘎大笑。如果我有一个女儿，在十五岁时拿着这样的文章邀请我品评，我一定会控制不住放声大笑，笑得她文学之路从此天塌地陷；或许还会贴心附上一些自以为是的写作建议，从遣词造句到心理描写的问题逐一批红圈出，让她从此提起笔就犹犹豫豫，再也写不出任何东西来。万幸，我妈显然没有这样做。她发现我写玛丽苏文章之后唯一做的，就是在那年生日送了我一本当红的青春疼痛小说。她递给我的时候沉默了一下，表情有点复杂，说："看了不要瞎想，不要学坏。"当然我还是早恋了，但文笔方面确实没有学坏，因为那本小说写得不好。

后来我也在家里看到过我妈年轻时的摘抄本，她用钢笔誊抄海子和聂鲁达。写下那些字的时候她在读中专，差不多也是我读初中的年纪。

但她后来什么也没写过了，我一直觉得很可惜。

上了初中之后，我开始流连于百度贴吧，并交到了我人生中第一批网友。我们相聚在互联网世界，不为别的，就为了给自己喜欢的动漫人物写同人小说。我们甚至组成了一个家族，姐姐妹妹叫得不亦乐乎。维系我们姐妹友谊最重要的一项活动，就是给彼此的文章评论夸赞。其实我们谁也没有认真看过彼此的故事，但我们的那句"来顶顶"对彼此写文章的意志力都不可或缺，堪称功德无量。

有一天，我们的一个妹妹跑来哭诉，说自己被人欺负了。她发布了一些画，结果被一个不认识的人留言直说："你画得太差了。"那还得了！于是我杀去了妹妹给的链接，想给家人出一口恶气。我愤怒地点进那个人的头像，看到她发布的历史帖，里面有她自己的画。我骂不出口，因为她画得真好啊：单色线条的装饰画，画风强烈，眼神迷离的古风少年少女卧睡在莲池里。我开始一条一条地看她过往的发言，看到了她用来写小说的笔名（我在这里暂且以Q代称），已经小有名气。她不仅会画画，甚至出版了几本书。不是什么名不见经传的同人志，而是由出版社出版的、装帧精美的、具有插画的、封面印有名人推荐语的那种正规出版物。在一个晚饭和晚自习之间的空隙，我像往常一样闲逛到学校门口的书店，赫然看到那本书摆在一进门左手边的黄金位置，跻身于一丛花花绿绿的畅销书中间。我像是硬吞了一整颗白水煮鸡蛋，有什么东西骤然噎在两扇肋骨中间。在我心里，2009 年的濮阳是一个没通客运火车的小地方，而我在互联网上看到的一切新鲜事物，都应该和濮阳没有关系，至少不应该出现在我们学校旁边昏暗的小书店里。我失魂落魄地把那本书买回了家。

那本书的腰封上夸张地印着："天才少女的成名作！""人气神话！16 岁天才少女！"我怎么会仍然记得十多年前的一本书的腰封呢？不只是腰封，我对于和她有关的一切细节都记得太清楚了。回过神来，我发现自己像赛博跟踪狂一样追寻着她的动态：我看过她的所有文章。我记得她的所有贴吧小号。我记得她和我同岁，生日是 1 月 21 日，这甚至被我写在诺基亚滑盖机的生日提醒里。我记得她身高 155

厘米左右，曾经住在广西，已经全家移居加拿大。我记得她钢琴十级，在多伦多大学学艺术，家境优渥，精通日语和英语，很会做饭，十一岁跳级上高中。在她所有的自我叙述中，最令我心动的是她的生活状态：每拿到一笔稿费，她就会和男朋友牵手去全世界跑着玩——这太酷且太自由了。在十几岁的我看来，这个遥远的同龄人堪称神奇。她不仅没有和我一样灰头土脸地在教室里做题，而且竟拥有我能够想到的所有才华。

我很难描述自己对Q的那种复杂情感。首先，我并不崇拜她，崇拜的姿态意味着把自己放得很低，我不想这样做。其次，我也不嫉妒她，因为承认嫉妒不仅意味着不如人，而且意味着我对此无能为力。于是少女时的倔强自尊折中再折中，找到了面对一位同龄强敌的态度底线：观察她，并且模仿她，直到我们能够平等地相识。

几年后，微博的时代到来，Q也成为我注册账号后关注的几个博主之一。每天早起的第一件事，就是睡眼惺忪地看她前一天发的所有微博，读完才会起床。她仍然高傲，少年成名的不可一世仍然在她的字里行间。她喜欢状若不经意地讲自己的光辉往事，并从不矫作谦虚。比如她说自己家里有一个鱼塘，然后发一张有小岛的湖的照片；比如她说自己就算只是普通地打扮一下，也会"被理工宅男组队拦着要联系方式"；比如她说自己有帅气高挑的男朋友，但男朋友双胞胎弟弟热烈的追求也让她苦恼不已。

当然，此时我也不再是那个一无所知的初中生。我开始读大学，并自以为在北京见了一些世面，所以多少能嗅出这些故事里掺杂了虚荣和编造的成分。而我也在辗转于课堂和社团之间，跌跌撞撞地进行着自我探索。每当我做出了一件小小的成就，尤其是当我写出了一点什么，我总是在内心举起一把标尺，问自己：这足以让我和 Q 一样好吗？在我们为数不多的微博互动中，我更加严格地审视自己话语中是否包含谄媚，以一种故作轻松的、朋友一般的语调和她对话。而我对她的模仿也进行到近乎失控的地步：我学她说话的口头禅，用她常用的颜文字，学她的刻薄和尖锐，也学她扮演可爱的乖女孩。我学她的文风给她的小说写同人，按照记忆中她的画风画拙劣的画。她说自己每五十个字内尽量不用重复的词语，这仍是我此时此刻——也正是在写你手里这本书时——的写作习惯。等我反应过来我在做什么的时候，我已经私自将一个陌生人的一部分据为己有。我有时分不清自己生活中的某个部分，到底是对 Q 的模仿，还是出于我完全的自我意志：是我想写小说，还是因为 Q 会写小说？这种拼凑感始终困扰着我。我甚至痛苦地想起，我之所以想到要写那篇关于苏妲己的幼稚言情，也是因为一个疑似 Q 小号的人写过一篇《褒姒》。

对于当年的我来说，Q 像一盏刺眼的灯。她曾照亮了一些什么，却永远带有蜇手的余温。但我宁愿双目酸痛，也要长久地凝视她。

后来她又换了个笔名，写了一本科幻小说。这是她第一部完结的故事，在互联网迅速走红，于是她又变得更出名了一些。但这篇小说随后被指出抄袭，顺带早年间的黑历史也都逐一曝光。如果那些黑历史都是真的，那么她那些标着"天才少女"的小说桥段，其实都是各处拼凑融梗而来。那些帖子写着，她虚荣，撒谎成性，人品有严重问题，甚至连自己的年龄都很可能是假的。得知那些让我自卑痛苦的事实全是谎言，我几乎是松了一口气。那段时间我密切关注着各种"扒皮整理帖"，如果要我诚实地说，我甚至带着一丝恶毒的快意。后来，这些帖子愈演愈烈，热心网友前赴后继地证明 Q 是一个一无是处、糟糕透顶的人，甚至有人说她根本不会画画。但多年前，我明明看到过 Q 的画，那些画里总是雾气浓郁，线条繁复动人。我花了一个晚上努力找到当时的贴子，但由于年代久远，帖里的图片都已经被服务器清除，变成了一个一个的叉。我就像那个捕鱼的武陵人，日后谈起桃花源时再也没了证据。

至少她曾经是真的会画画——我点开留言框，但最终什么也没说。

我仍然在不停地写。

高中以后，我能够上网的时间被进一步压

缩，而写故事也正式由兴趣爱好变成了不务正业。在高中的日记里，我常用一种恨铁不成钢的语气劝导自己："真的不能再写文了！"这种句子频繁地出现在每次大考小考之前。我看到这些话甚至有点错愕：现在我每天的工作，就是打开一个个空白文档，然后和它相看两厌、目光涣散、食欲不振、精神萎靡。但我几乎忘了，曾经我是怀着那样雀跃的心情打开电脑，迫不及待地写着那些"中二"故事。在晚自习学到崩溃的时候，我就会在演草本上誊写想象中男女主角的名字，以此来获得平静。每天睡前是我最喜欢的时刻，我会闭眼，在脑海中推演剧情，直到在餍足中入梦。这是我无聊做题岁月里重要的自娱自乐。

我并不是唯一这样做的人。当时我们班里有个很文静的女生，成绩中等，也不怎么爱说话，但我偶然得知她写了一部几十万字的玄幻小说。我向她借来看，情节已经全忘了，只记得女主角为了剧情需要反复死了几次又复活，丝毫没有道理。但她的小说还是给我留下了很深的震撼：它不是在电脑里的电子文档，而是写在装帧精致的笔记本上。她用娟秀整齐的手写体，一个字一个字地垒出了厚厚几大本，就连偶尔夹杂其中的涂改液痕迹都十分规整。她为自己写出了一本真正的书。而我感到羞愧：我对自己的故事并不负责，时常是写了开头之后激情便很快消退，于是全都顺理成章地搁置了。

在学校，喜欢写故事的女孩总会自然地成为朋友。我们把自己的故事写在精致的印花本上，互换传阅。本子再传回到作者手上的时候，通常会夹着一张一百字的纸条，写着真挚的读后感。我最喜欢看的一篇草稿本连载来自我的朋友张女士，她当时还是我的同学小张。小张原创了一位平凡且温柔的女主角，并安排她深爱的男团欧巴和女主角进行一场旷世虐恋。在构思的初期，小张就早已为这个故事想好了结尾。这是一个我至今想来都很不错的情节：在一切风波落定后，男主角伸手敲了敲门，因为知道家里有人在等，"而不用去触摸冰冷的钥匙"。（悲伤的是，随着科技的发展，如今的男明星回到大别墅至少应该用指纹锁开门了。）

小张也很爱我的故事，那是一部玄幻仙侠，男女主角在结尾时会携手君临九天，她坚信这部小说横空出世那天定会在互联网上大红大紫。多年后，我和张女士的故事都没了下文，但她文中的那位男团欧巴确实已经宣布结婚，这下是真不用掏钥匙了。我们直到今天还会互相问："你男主今天掏钥匙了吗？""你男主今天君临九天了吗？"我们每次都会笑。

　　小张现在已经是在某银行工作的白领张女士了，但她仍然在像高中时那样有一搭没一搭地写故事，我仍然像高中时那样给她当剧情的参谋。她最近一次写作，是在晋江上写连载小说。但说实话，当她把大纲给我看的时候，我暗暗觉得并不靠谱：朝堂争斗，篡权夺位，还有场面恢弘的古代战争，每一条几乎都是在我们智商的雷区横跳，在收不住的边缘反复试探。但她就是卷起袖子开写了。网站连载有一条不成文的规矩，就是常常要在结尾处留下一个勾人的悬念，于是她每一章停下的地方也常常铤而走险。比如某章的结尾，反派愤怒地推门而入："女人，你在耍我？"我问，女主怎么耍他了呢？张女士说，还没想好，明天再说吧。又一章的结尾："门开了，众人皆被里面的景象震惊到说不出话。"我问，所以门里面是什么呢？张女士说，还没想好，明天再说吧。她就这么明日复明日，再说复再说，从1月写出第一章，直到5月写下最后一个字，四个月没有一天断更。那些朝堂争斗、篡权夺位、恢弘战争，都被她硬着头皮跌跌撞撞写完了，最终成为一本27万字的完整故事，然后淹没在晋江的众多言情小说之中。长大当然也有好处，我不光能在评论区给她热烈捧场，还能给她的文章大方地打赏几十块钱，让我的姐妹在排行榜上更有排面。

而我也遇到了一件好事。读研时，我曾经一时兴起，以两位游戏人物为主角，写了一则几千字的短篇小说，并在发布之后很快地把它忘了。几年后，已经是社畜的我钻进晚班地铁，车厢摇晃得人昏昏欲睡。我不知怎么想起了那篇文章，于是打开微博输入关键词。在寥寥几条搜索结果里，我看到有个网友在抱怨，说自己每年都在找一篇关于那两个角色的同人文，但再也没找到过。很冒昧地，我在回复里附上了自己那篇小说的开头，问她："请问是这篇吗？"然后我立刻把手机摁了熄屏。等她回复的那几十秒钟，我就像等待高考成绩页面加载那么紧张。

然后我的手机一振。她说：是的！

如果排除张女士这种捧场的朋友，那么从2006年我在贴吧发布第一篇故事那天算起，我在孤独地写了整整十四年后，才遇到第一位陌生的、真正的读者。请不要误会，这句话绝不是自怨自艾。相反地，我只感到无比幸福。

抄袭风波的两年后，我再次听到了Q的消息。有人传说她得了抑郁症，自杀了。也有人说这是谣传，Q只是笔名自杀，也就是封笔而已。但人们已经不再相信这样戏剧化的故事了，我也不知道自己该不该相信。在一些失眠的深夜，我无聊时仍会在互联网上搜索Q的名字，想要找到关于她的蛛丝马迹。我想象着自己偶然看到一篇陌生ID发表的文章，然后凭借着熟悉的文风认出她来。我甚至想象着能在北美的街头与她偶遇，然后得体而克制地表达我多年的喜爱。但我又希望自己永远都不要见到她，因为我仍不知道如何评价这位遥远的、陌生的、虚伪的、天才的、妄想的、浪漫的、高傲的朋友。但至少，作为一个年岁不小的成年人，我可以平静地承认一个事实：就算她的一切都是假话，现在的我也无法写出她那样的故事。

但我也有自己的故事要写。

我从小到大最为长久的愿望，就是出版一本自己写的书。我坚信这个梦想一定会实现，不过我没想到这本书的主人公会是我自己。在擦掉那个海底王国故事的十九年后，我再次把自己的文稿给我妈看，并请求她为这本书写一篇序。我很想看我妈写点什么，哪怕只有几百字。在憋稿的深夜，我也像从前那样把文章发给张女士、刘女士、林女士，很多很多个女士。而她们也像从前那样做一个合格的高中密友，给我无私而盲目的吹捧，支撑着我把这个故事写完。

在关于Q的诸多故事中，我相信至少有一件是真的。她曾说，自己灵感枯竭时会找一个地方坐着发呆，手里拿一柄汤匙。等半睡半醒，汤匙脱手，惊醒的同时就有了灵感。而我的那柄汤匙，也曾在多年前叮当落地。此刻捏在你手里的，是它不绝的回音。

有光

— 要有光！ —

主　　编｜安　琪
策划编辑｜安　琪
文字编辑｜钟　迪

营销总监｜张　延
营销编辑｜张　璐

版权联络｜rights@chihpub.com.cn
品牌合作｜zy@chihpub.com.cn

出品方　至元文化（北京）
CHIH YUAN CULTURE

Room 216, 2nd Floor, Building 1, Yard 31,
Guangqu Road, Chaoyang, Beijing, China